일러두기

◦ 책과 신문은 『』로, 시, 영화, 노래, TV 프로그램 등 작품 제목은 〈〉로 표기했습니다.

◦ 직접 인용한 경우 저작권사의 허락을 받고 출처를 표기하였으며, 간접 인용으로 본문 내용
의 부연, 예시, 참고자료 등으로 쓰인 경우 출처를 표기하였습니다.

쉽게
행복해지는
사람

작고 소중한
오늘을 위한
to do list

글·그림 댄싱스네일

위즈덤하우스

차례

프롤로그

○

언젠가 지하철역 화장실 문에서 보았던 글이 생각난다.

'행복하려면 두 가지 방법이 있다.
첫째는 가진 것을 늘리는 것이고,
둘째는 원하는 것을 줄이는 것이다.'

간단하고, 명료했다.
화장실에서는 늘 철학적 사유를 만나는 것 같다.
우리는 잘 알고 있다.
행복하려면 타인과 비교하지 않고, 이미 가진 것에 감사하며,
현재에 집중하고 살아가면 된다는 것을.
머리로는 이미 너무 잘 안다(그게 안 되는 것뿐!).

그런데 현실에서는 행복이란 게
그렇게 단순하고 쉽게 다가오지 않았다.

궁금했다.

머리로 알고 있는 것을 가슴으로 끌어오는 방법이

무엇일지 간절히 알고 싶었다.

그래서 행복에 관한 책들, 마음에 관한 책들을 살펴보며

저자들이 권하는 방법 중 내가 할 수 있는 것들을

스스로 실천하고 체험해 봤다.

그렇게 오랜 고민들을 하나씩 들추며

풀리지 않던 퍼즐을 맞춰나갔다.

그리고 그 과정에서 내가 느끼고 깨달은 것들을

당신과 공유하고자 한다.

우리는 어릴 적부터 열심히 살면 행복해진다고 배웠다.

하지만 어느 정신과 교수님의 말처럼 '열심히'라는 기준은

너무 모호해서 누구도 그 끝에 도달할 수 없을지 모른다.

행복한 삶을 이야기하는 여러 인문서, 심리서의

저자들(뇌과학자, 명상전문가, 심리학자 등)이

공통적으로 주장하는 것이 있다.

대부분의 사람은 자기 자신과 현재를

객관적으로 인식하기 어렵다고 한다.

여기서 재미있는 점은

오히려 행복한 사람일수록

착각에 가까운 현실 인식을 하며 살아가고

우울한 사람일수록 현실 인식이

객관적이고 사실에 가깝다는 것이다.

'살짝 미치면 인생이 즐겁다'라는 농담이

과학적 근거가 있는 통찰이었던 것이다.

뒤집어 생각해 보면, 제정신으로 살면서 행복하기가

그만큼 어려운 게 인생이라는 걸지도.

이 책은 어떻게 하면 당신과 내가

함께 행복해질 수 있을까에 대한 이야기다.

나의 행복만 챙겨서는 의미 있는 삶에 도달할 수 없고,

그렇다고 남을 위해 희생만 하는 사람 역시

자신을 위한 시간을 잃고 만다.

그 간극을 잘 메우며 살아가기 위해,

어제도, 내일도 아닌 오늘 행복하기 위해

이 책이 작은 도움이 되기를 바란다.

1장

열심히만 사느라
행복을 잊은
나에게

너무 소심하고 까다롭게 자신의 행동을 고민하지 말라.

모든 인생은 실험이다.

더 많이 실험할수록 더 나아진다.

_미국의 사상가이자 시인, 랄프 왈도 에머슨

타인의 반응을 너무 깊이 생각하지 않고

내가 할 수 있는 것과 할 수 없는 것을 받아들이고

지금 보이고 느껴지는 것에 집중하는 시간.

그것만으로 충분히 좋은 그런 날.

완벽한 하루가 아닌
충분히 좋은 하루를 보내기

○

세상에 완벽한 사람이 없는 이유는
완벽한 부모가 없기 때문이라는 말이 있다.
어느 부모나 세상에서 가장 좋은 것을
내 자식에게 물려주고 싶어 한다.
그러나 부모 역시 누군가의 자식이고,
그들 역시 완벽하지 않은 사람에게 양육되었기에
당신들의 어릴 적 경험을 바탕으로
자식과 관계를 맺을 수 있을 뿐이다.

우리가 부모(혹은 주 양육자)에게 받은 정신적인 유산
즉 자존감, 사랑, 이타심, 여유 같은 것들은
생애 전체에 걸쳐 영향을 미친다.
어떤 부모는 의도치 않게 아픈 마음을 물려주기도 한다.
콤플렉스, 불안, 분노, 좌절감 같은 것들.

그리고 그것들이 켜켜이 쌓여 마음 깊은 곳에 들러붙으면
자신도 모르게 부정적 자아상이 굳어지게 된다.

어쩌면 삶이란 그렇게 쌓인 부정적 자기를
끊임없이 걷어내며 나아가는 과정일지 모른다.
물론 부정적인 면 일부를 걷어낸다고
한순간에 완전히 긍정적인 사람으로 바뀌기는 어렵다.
그럼에도 그 노력은 분명 가치 있는 일이라고 믿는다.

이미 굳어진 나의 단면들이 180도로 달라질 수는 없대도
어제보다 조금 더 괜찮은 하루를 만들기에
당신의 노력은 충분할 테니까.

오늘 하루가 버겁게 느껴질 때면,
그럼에도 불구하고 얼마나 잘 살아왔는지를
동시에 떠올렸으면 한다.
당신은 당신이 생각하는 것보다 훨씬 더 강한 사람이다.
각자의 삶의 모양과 과제는 다 다르지만,
우리 모두 어제보다 괜찮은 오늘을 지켜내고 있다.

완벽한 사람이 아니라도 '충분히 좋은 사람'이 되면 된다.

완벽한 부모가 아니라도 '충분히 좋은 부모'가 되면 된다.

완벽한 하루가 아니라도 '충분히 좋은 하루'를 보내면 된다.

잘 이기기 위해
잘 지는 법을 배우기

○

평준화 지역에서 학창 시절을 보낸 나는
아주 풍족하지는 않았어도 불평등이나
심한 차별을 겪은 기억은 딱히 없이 어린 시절을 보냈다.
머리털 나고 처음으로 계급 차 비스름한 것을
인지한 건 미대 입시를 준비하면서였다.
입시 준비를 하기에는 가계 사정이 그리 넉넉하지 않았기에
부모님께서 다소 무리를 해서 학원비를 지원해 주셨다.
어느 날 학원 수업을 마치고 지하철역에 가던 길,
같은 학원 친구를 마주쳤다.
친구는 기사님을 대동한 차를 타고 귀가하는 길이었다.
그 애와 나는 같은 제도 하에 입시를 준비하고 있었지만
전혀 다른 세계에 살고 있다는 것을
그날 처음 피부로 느꼈던 것 같다.
나에게는 다른 세계같이 보이는 모습이

누군가에게는 평범한 일상일 수도 있다는 것도.

대학에 가니 그 격차는 더 벌어져서
내가 방학 동안 빵집에서 아르바이트를 하고
부족한 학점을 채우기 위해 재수강을 하며
녹초가 되어가는 동안
어떤 친구는 부모님의 지원으로 어학연수를 다녀오며
취업 준비 단계를 밟아갔다.

모두가 최선을 다하지만 노력만으로는 성공할 수 없는 사회.
어떤 이는 성공은 그저 운일 뿐이라며 낙담하기도 한다.
그러나 우리는 운조차 자본으로 살 수 있는
세상에 살고 있다는 사실을 아는가.
복권을 1장 산 사람과 1,000장 산 사람의
평균 당첨 확률은 차이가 날 수밖에 없다.
당첨 확률을 높이려면 시도를 늘려야 하는데
슬프게도 당첨에 실패했을 때
수반되는 비용 역시 자본이기 때문이다.

공정하지 못한 건 비단 '금수저', '은수저'로 통용되는 경제적 자본뿐만이 아니다.

타고난 기질, 자라난 환경, 심지어 외모조차도

자본으로 치환되는 세상이다.

더 단단한 자존감과 회복탄력성을 기를 수 있는

환경에서 자란 사람과 그렇지 못한 사람은

도전과 실패에 쓸 수 있는

심리적 에너지의 총량 차이가 클 것이다.

결국 성공이 운이라는 말 역시

성공에 경제적, 심리적, 문화적 자본이 필요하다는 말이다.

잘 이기기 위해서는 잘 져봐야 한다.

문제는, 결과를 장담하기 어려운

도전의 몫으로 사용하기에는

자본이 턱없이 부족하다는 것이다.

물에 빠졌다고 해서 너무 오래 허둥대기에는

충분한 여유가 없다.

그렇기에 내가 가진 자본 중 얼마만큼의 비율을

실패에 배분할지 숙고하고,

영민하게 선택할 줄 아는 요령이 필요하다.

안 그래도 힘든 세상인데

이왕이면 지름길을 찾아가는 게 나을 테니까.

성공과 행복은

인생길 위에서 마주하는 갈림목마다

나에게 맞는 방향으로 잘 틀 줄 아는

유연한 마음을 가진 자에게

한 번 더 주어지는 것인지 모른다.

물에 뜨기 위해서는
물에 잘 빠지는 연습부터
시작할 것.

도망치지 말고
제대로 방황해 보기

○

인간관계에 너무 지쳐 절에 들어가려던 사람이 있었다.
그런데 막상 절에 들어가려고 보니
스님들 사이에서도 인간관계가 중요하더라는 얘기를 듣고는
바로 마음을 접었다는 우스갯소리가 있다.

인간관계를 피해 절에 들어가려던 그 사람처럼,
나는 늘 하기 싫은 일을 피하기 위해 직장을 옮겨 다녔다.
하지만 이곳을 피해 다른 곳으로 가면
모양만 조금 다를 뿐 비슷한 스트레스가 반복됐다.
열심히 살며 원하는 방향으로 나아가고 있는데도
어쩐지 무언가 잘못된 것 같은 느낌이 들었다.
진짜 하고 싶은 일이 뭔지는 고민하지 않고
현재로부터 도망만 다녔기 때문이다.

괴테는 인간은 노력하는 한 방황한다고 했다.

방황하며 성장하는 삶은 그 자체로 가치가 있다.

하지만 방황이 너무 오래 반복된다면,

혹시 방향키를 '현실 도피'로 설정하고

도망치고 있는 건 아닌지 의심해 봐야 한다.

여기가 싫어서 떠나는 것과

진짜 원하는 곳으로 나아가는 것은 엄연히 다르다.

당신의 삶이 도피가 아닌

진정으로 원하는 방향을 향해 갈 수 있기를.

방황을 멈추면,
성장도 끝난다.

질투심을
덕심으로 바꾸기

○

질투의 묘한 점은, 넘사벽으로 차이가 날 때보다는
고만고만하게 느껴지는 대상을 볼 때 더 심해진다는 것이다.
대개 사람들은 워런 버핏의 재산이나
BTS의 인기를 시기하기보다는
잘나가는 직장 동료나 동창의 소식을 들었을 때
더 불안해한다.
'에이, 그 정도는 나도 할 수 있을 것 같은데?'
그런 생각이 드는 순간,
그의 성과를 인정하고 싶지 않은
쩨쩨한 마음이 일어나기 시작한다.
이런 감정은 건강한 경쟁심이 아닌,
나를 갉아먹는 질투심이다.

얼마 전 한 오디션 프로그램을 보다가

자신을 '배 아픈 가수'라고 소개하는 참가자에게 눈길이 갔다.

그는 자기보다 뛰어난 가수들을 보면 배가 아파서

평소 오디션 프로그램을 잘 보지도 않고,

시기하고 질투하는 게 재능(?)이라며 씁쓸하게 웃었다.

그러자 심사 위원석에 있던 작사가 김이나 씨가

이렇게 말했다.

질투하는 마음을 자기 스스로 알고 나면 그때부턴

시기나 질투가 아니라 동경과 선망이 된다고.

오디션 과정에서 자신의 질투심을 솔직히 인정하고,

열정으로 승화시킨 그는

결국 최종 우승을 거머쥐고 눈물을 흘렸다.

그 눈물을 보자 그간 이루지 못한 도전이 남긴

내 마음속 상흔이 함께 치유되는 것만 같았다.

비슷한 감정에서 시작하지만

질투와 동경이 우리에게 미치는 영향은 너무도 다르다.

그렇기에 부러운 감정을 어떻게 다루느냐에 따라

나를 파괴할 수도,

스스로를 발전시키는 원동력이 될 수도 있다.

생각해 보면 애초에 부러움이라는 감정 자체는
더 성장하고 싶고 나아지고 싶은 욕구가 있어야만 생겨난다.
그러니 성숙하게 다루기만 한다면
얼마든지 긍정적인 에너지로 바꿀 수 있다.

첫 번째 단계는, 부러운 마음을 솔직하게 인정하는 것이다.
부러움의 대상을 비하하거나
자신의 욕망을 외면하지 않을 것.
그러고 나서 부러움 너머에 숨어 있는
나의 진짜 바람이 무엇인지 잘 들여다보는 것이다.

그다음에는 부러움의 대상과 나의 차이를 받아들여야 한다.
그래야만 내가 가진 것과 나만 할 수 있는 것이
눈에 보이기 시작하고
그가 이룬 성취와 노력을 존중할 수 있는 여유가 생긴다.
타인의 성취에 함께 기뻐할 수 있는 마음.
우리는 이것을 전문용어로 '덕질'이라 부르며,
다른 말로는 행복이라고 한다.

나에게 질투심을 일으키는 대상을

전부 덕질의 대상으로 바꿔라.

그럴 수 있다면 질투는 우리에게 열등감 대신

무한한 기쁨과 행복감을 돌려줄 것이다.

☆

다른 사람보다 더 뛰어난지를 걱정하지는 마라.

다만 가능한 한 최고가 되려는 노력을 멈추지 마라.

다른 사람은 컨트롤할 수 없어도

나의 노력은 컨트롤할 수 있으니까.

_전설적인 농구 코치, 존 우든

너의 성장은 나의 기쁨,

나의 성장도 우리의 기쁨.

적당히
불안해하는 법을 배우기

○

한 심리학자가 행복하게 늙어가는 사람들에게
행복의 조건이 무엇이냐고 물었다.
사람들은 첫 번째 대답으로
'고통에 적응하는 성숙한 자세'를 꼽았다.
이는 인생에서 고통이 누구에게나 필연적이라는 뜻이리라.
단지 형태만 바뀔 뿐
갖가지 문제들이 끝없이 일어나는 것이 삶이다.

사실 고통스러운 문제를 직면했을 때
우리를 정말 불행하게 하는 것은 고통 그 자체가 아니다.
진짜 문제는 고통을 회피하기만 하거나

● 조지 베일런트, 이덕남 옮김, 『행복의 조건』, 프런티어, 2010, 15-16쪽

없는 척 부정할 때 일어난다.

문제를 감추거나 억누르는 것은

더 큰 불안을 일으키기 때문이다.

우리는 이러한 불안을 전부 피할 수는 없지만,

줄일 수는 있다.

미래를 걱정할 줄 아는 사람이

미래를 계획할 수도 있기 마련이다.

불안을 조절 가능한 수준으로 낮추고 잘 다루기만 한다면

목표를 향해 나아가는 데 자극제가 될 것이다.

덴마크 철학자 키르케고르는

적당히 불안해하는 법을 배운 사람은

가장 중요한 일을 배운 셈이라고 했다.

매일매일 부딪히는 작은 문제에 너무 집착하지 말자.

만약 우리의 인생길이 민무늬 길이라면 얼마나 지루할까.

오르막도 있고, 내리막도 있고,

자갈길도 있어서 재밌는 거 아닐까?

● 스콧 스토셀, 홍한별 옮김, 『나는 불안과 함께 살아간다』, 반비, 2015, 53쪽

물론 미래에 대해 다양한 가능성을 열어둔다는 건
설레지만 불안한 일이기도 하다.
생각이 지나치게 많아질 때는
그냥 하고 싶은 일을 하는 것이 최선이다.

인생의 답은 정해진 게 아니라 찾아가는 것이니까.
해보기 전에는 아무도 모르니까.

☆
하루하루는 성실하게, 인생 전체는 되는 대로.
_영화 평론가. 이동진

인생이란 폭풍우가 지나가기를 기다리는 대신
빗속에서 춤을 추는 법을 배우는 것이다.

_비비안 그린

해야 하는 이유보다
하고 싶은 이유를 말하기

○

명사나 위인들의 성공 신화에는 꼭 빠지지 않는 요소가 있다.
바로 자신을 성공으로 이끈 결핍에 대한 이야기.
꼭 위인까지 가지 않더라도
우리는 가까운 주변인들의 삶에서
결핍을 동력으로 원하는 바를 이뤄온
사례를 어렵지 않게 접하곤 한다.

성인기까지 내 삶을 먹살 잡고 끌고 온 것 역시
수많은 콤플렉스였다.
그런데 그 고마웠던 결핍의 감정이
언젠가부터 지긋지긋해졌다.
결핍, 극복, 경쟁. 이런 것들에 염증이 났고
심지어는 '나 자신과의 싸움' 같은 관용구조차 싫어졌다.
왜 우리는 평생을 누군가 혹은 무언가와 싸우고

그것을 극복하며 살아야 하는지 의문이 들기 시작한 것이다.

결핍이나 열등감을 에너지원으로 바꾸어
원하는 목표를 이루는 삶도 훌륭하지만,
어느 시기에 도달하면 그런 방식에 작별을 고해야 한다.
결핍이라는 연료를 반복해서 사용하는 동안,
'나는 극복해야만 하는 결핍이 있는 사람'이라는 사고가
내면에 깊이 스며들 수도 있기 때문이다.
그런 불쾌한 기분을 품고
마음속으로 피를 흘리면서 달린다면
얼마 못 가 지치는 게 당연지사다.
결핍이 성취의 유일한 동기인 사람은 과정도 즐기지 못한다.
그러니 노력을 지속 가능하게 해주는
다른 좋은 동기를 계속 찾을 필요가 있다.

오랫동안 결핍이란, 그것을 극복할 때에만
효용이 있고 가치 있는 대상으로 여겨졌다.
그런데 우리가 드라마나 영화를 보면
가장 정이 가는 캐릭터는
늘 어딘가 결핍이 있는 사람들이지 않은가.

상처와 결함은 우리를 인간적이고 사랑스럽게 해준다.

결핍은 그것으로 제 역할을 다한 것이다.

결핍이 반드시 극복의 대상이나

성공을 위한 도구로써 기능해야 하는 건 아니다.

결핍을 원래의 자리에 그대로 두고,

있는 그대로의 나로도 우리는 충분히 성장할 수 있다.

일상생활에서 나를 기분 좋게 해주는

사소한 것들을 찾아나가고,

지금 할 수 있는 것을 즐기면서

즐거운 마음으로 목표를 향해 나아가 보자.

'해야 하는 이유'보다는 '하고 싶은 이유'를 발견할 때

우리는 더 오래 걸을 수 있다.

나의 결함은
나를 사랑스럽게 해준다.

깊은 몰입이 주는
행복을 맛보기

○

어느새 마음의 감기처럼 일상적인 현상이 된 무기력증.
무기력증이라고 하면 흔히 아무것도 하지 못하고
온종일 누워 있는 모습을 상상하기 쉽다.
물론 그런 모습도 무기력증의 주요 증상 중 하나이기는 하다.
그런데 사람에 따라서는 무기력할 때
되레 끊임없이 분주하게 무언가를 하기도 한다.
겉보기에는 그 모습이 활동적이고
에너지 넘치는 것처럼 보이겠지만,
실은 현재에 온전히 집중하지 못하고
정작 중요한 일은 회피하고 있는 것이다.

우리가 해야 할 일에 집중하지 못하는 이유는
대개 '해도 안 될까 봐' 두려워하고 있기 때문이다.
원하는 결과가 나오지 않았을 때 뒤따를

실망감이나 좌절감을 외면하기 위해
정작 해야 할 일은 미루면서 그 부채감을 덮을 요량으로
다른 일을 분주하게 하며 시간을 때운다.
그러니까 겉보기에 얼마나 활기차 보이는지,
혹은 가라앉아 보이는지의 여부보다는
내적으로 진정한 몰입 상태에
머무르고 있는지가 더 중요한 것이다.

이런 '바쁜 무기력' 현상의 원인으로
사람들의 마음 자세만 탓하기에는 무리가 있다.
우리는 그 어느 때보다 가장 많은
디지털 자극 속에 살고 있기 때문이다.
게다가 기계가 아무리 사람의 일을 대신해 준다고 해도
이상하게 우리에게는 항상 시간이 부족하다!
그래서 사람들은 책을 읽을 때도,
요리할 때도, 밥을 먹을 때도
동시에 스마트폰을 보며 멀티태스킹을 한다.
심지어 걸을 때도 세 걸음에 한 번씩은 스마트폰을
들여다보니 내 안의 불안을 마주할 틈도 없다.

이런 방해로부터 벗어나기 위해서는

우선 충분한 시간을 들여 내면의 두려움을 받아들여야 한다.

그리고 지나치게 많은 선택지를 거부하고

가장 중요한 것에 집중해 보자.

적극적으로 현재에 머무르자.

그리고 나면 깊은 몰입이 주는

진한 행복을 맛볼 수 있을 것이다.

☆

*인간은 사색하는 상태에서만

자기 자신의 밖으로 나와서

사물들의 세계 속에 침잠할 수 있는 것이다.

_『피로사회』, 한병철

● 한병철, 『피로사회』, 문학과지성사, 2012, 35쪽

나의 생각과 마음이 머무는 곳에

곧 나의 삶이 있다.

부정적 감정에
무너지지 않기

○

예전에 『칭찬은 고래도 춤추게 한다』라는 책이

베스트셀러에 오르며 전국적으로

칭찬 붐(?)이 일던 때가 있었다.

그 영향이었는지 엄격한 훈육보다는

칭찬을 선호하는 분위기가 한동안 유행처럼 번졌다.

'칭찬하기' 유행이 한차례 전국을 휩쓸자 전문가들은

무조건적 칭찬의 부작용에 대해서도

다시 논의하기 시작했다.

칭찬이 무조건 좋은 줄로만 알았는데

오히려 나쁜 칭찬도 있다는 사실은 가히 충격적이었다.

칭찬이 고래조차 춤추게 하기는 했지만 인간의 심리는

그보다는 더 복잡한 메커니즘으로 작동하기 때문이었다.

과정이 아닌 결과에만 한정된 칭찬을 한다면

그렇게 생긴 긍정적인 감정은 때로 해로울 수도 있다.

만약 우리가 성과나 성취에 대해서만

긍정적 감정을 느낀다면

앞으로도 계속 잘하지 못할까 봐 불안해지기 때문이다.

그렇게 되면 성공하지 못할 때는

자신을 하찮은 사람이라고 여기는

위험한 생각으로 연결될 수도 있다.

반면 나쁜 상황에서 느끼는

불편한 감정도 때로 이로울 수 있다.

부정적인 감정을 통해 위험을 감지함으로써

나중에 비슷한 위험이 닥쳤을 때 대비할 수 있기 때문이다.

단, 주의할 점이 있다.

만약 어떤 일에서 실수를 했다면

그로 인한 부정적 감정 때문에

'이런 일도 제대로 못하는 나'로

생각이 번지지 않도록 조심해야 한다.

그럴 때는 단순히 '일이 잘못됐구나' 하고

사건 자체에 대해서 부정적 감정을 느끼는 것으로 충분하다.

그런 다음 내가 할 수 있는 것을 찾아보면 된다.

누구나 긍정적인 감정과 부정적인 감정을

모두 느끼며 살아가야 한다.

그건 어쩔 수가 없다.

다만 우리가 할 수 있는 건

그 감정과 자기 자신을 동일시하지 않고, 분리하는 연습이다.

그리하여 살면서 느끼는 수많은 감정이

나를 무너뜨리지 않고

그저 잘 지나갈 수 있도록.

일이 잘못됐다고
내가 잘못된 건 아니다.
일은 그저 일일뿐.

일상적 스트레스와
불행을 구분하기

○

몸이 피곤하거나 마음이 예민할 때는
며칠만 지나면 사소해질 일도
인생 전체가 불행해진 것처럼 크게 생각하게 된다.
그런데 지나고 보면 불행이라고 이름 붙여
거대해 보였던 일이
사실 단순한 스트레스 상황인 경우도 많다.

어려움이 닥쳤을 때 우리가 느끼는 스트레스는
우리 몸의 화재 감지기 같은 역할을 한다.
감지기가 큰 화재에 미리 대비하게 해주는 것처럼
스트레스는 우리 뇌가 부정적 감정에 휩쓸려
완전히 고장 나버리기 전에 충분히 쉬어주라는
메시지를 준다.

화재 감지기가 울렸다고 해서
전부 큰 화재로 이어지지는 않는다.
스트레스 역시 우리가 더 큰 불행을 맞지 않고
내 몸과 마음을 돌보도록 미리 신호를 보내줄 뿐이다.
그러니 일상적 스트레스와 불행을 구분할 줄 알아야 한다.

우리의 뇌는 부정적 자극에 더 민감하게 반응하므로
어려움이 닥쳤을 때 습관적으로 부정적인 해석을 하기 쉽다.
그래서 스트레스를 받는 일이 생길 때마다
작은 일을 크게 확대 해석하지 않도록
의식적인 연습이 필요하다.

습관적으로 내렸던 부정적 판단이 얼마나 사실에 가까운지,
근거는 있는지, 스스로에게 의문을 제기하고 반박해 보자.

행복으로 가는 과정에 고난과 고통이 없는 길은
존재하지 않는다.
고난을 마주칠 때마다 세상이 끝났다고, 나는 망했다고
매번 확대 해석한다면
원하는 곳까지 도착할 힘을 낼 수 없을 것이다.

행복과 불행을 가르는 것은 상황 자체가 아니라
그 이후의 나의 해석과 태도임을 잊지 말자.

나만의 속도와
방향을 잃지 않기

○

누군가 나보다 더 나은 성과를 이루는 모습을 보면
그의 나이가 은근히 신경 쓰일 때가 있다.
그럴 때면 '나이는 숫자에 불과하다'라는
오랜 잠언을 떠올려 보지만,
역시나 이론과 현실은 다른 걸까.
나이에 얽매여야 하는 문화에 답답함을 느끼면서도
동시에 나도 그 속에 깊숙이 녹아 있었나 보다.
'나보다 한참 어린데, 벌써 그런 성과를 이뤘다고?'
부끄럽지만 이런 식의 비교하고 경쟁하는
마음이 반사적으로 튀어나오고 만다.

마치 학생 때부터 시작된 성적순 줄 세우기가
늙어 죽을 때까지 따라다니는 것 같은 기분이다.
남보다 더 좋은 대학에 가야 하고 돈을 더 벌어야 하며

더 좋은 몸매를 유지해야 하고 더 좋은 차, 더 좋은 집을 갖고
적당한 나이에 결혼과 육아 시장에 들어서야 하며,
중년기에는 너무 늦지 않게 내 자식을 결혼시켜야 하고,
노년기에는 남들처럼 손주를 봐야 하는 숨 막히는 달리기.
이런 분위기에서 그 누가
경쟁에서 자유로운 영혼이 될 수 있을까.

경쟁력이 곧 존재 가치가 되는 사회.
승진이나 이직 혹은 퇴사 같은 개인적 차원의 상황 변화로는
이 거대 경쟁의 난리 통에서 완전히 벗어나기는 힘들 것 같다.
단지 이곳의 경쟁에서 저곳의 경쟁으로 넘어갈 뿐.
아마 우리가 할 수 있는 최선은
세상을 바라보는 사고방식을 바꾸는 노력일지 모른다.

그러니 우리에게는 경쟁에서 뒤처지더라도
나의 가치 전부를 상실하지 않을 수 있는 마음이 필요하다.
자신의 존재 가치의 기준을 바깥에만
두지 말고 내면에도 두어야 한다.
'시험에서 떨어지더라도 최선을 다했으니 후회는 없어.'
'면접에서 낙방하더라도 나에겐 또 다른 일에 도전할

용기가 있어' 하는 식으로 말이다.

비교에는 끝이 없고 인생에는 정답이 없다는 걸 잘 알면서도,

어릴 때부터 평가받는 환경에 익숙해진 우리는

늘 타인의 삶을 흘끗거리며 자신의 길을 의심한다.

결혼을 일찍 한 사람은 '조금 더 늦게 해도 좋았을걸' 하고,

결혼을 안 한 사람은 기혼자들과 자신을

번갈아 보며 불안해한다.

남을 부러워하거나 불안해하는 마음은 괜찮다.

사람이니까 그럴 수 있다.

다만 그 생각에 지나치게 매여

나만의 속도를 잃지는 않았으면 한다.

누구보다 빠른 성공이 아닌

나만의 속도로 성장할 수 있기를.

누구보다 완벽하기보다는

자기만족을 향해 갈 수 있기를.

성공보다는 성장,
완벽보다는 자기만족!

비극적 상상에
갇히기 않기

○

낯선 사람들이 많은 모임이나 업무 미팅을 가기 전에는
꼭 그 장면을 미리 상상하는 버릇이 있다.
당연하게도 현실은 내 상상과는 전혀 다르게 흘러가니
미리 준비한 말 같은 건 허공에 흩어져 버리고
괜한 헛수고를 한 셈일 때가 많다.
그럴 것을 알면서도 종종 머릿속에서는
나도 모르는 새 이미 시뮬레이션이 돌아가곤 한다.
다가올 상황이 두렵기 때문이다.

이렇게 두려운 감정을 조절하기 어려울 때는
생각을 먼저 바꾸는 것이 좋다.
내 머릿속에서 펼쳐지는 최악의 시나리오가
영화관에서 상영되는 영화이고
나는 관객이라고 상상해 보자.

즉, 뇌가 만들어낸 허상일 뿐이라는 것을 떠올리고
재빨리 현실로 돌아오라는 것이다.
그러면 현실과 생각을 분리하고
상황을 객관적으로 볼 수 있다.
생각과 감정은 서로 영향을 미치기 때문에
사실을 있는 그대로 바라보는 연습을 통해
부정적 감정을 가라앉히는 데도 도움이 된다.

그럼에도 여전히 두렵다면
떠오르는 부정적 생각을 글로 적어보는 것도 좋다.
그리고 깐깐한 탐정에 빙의해 스스로에게 물어보자.
'그 일이 일어날 가능성이 현실적으로 얼마나 되는가?'
'만약 실제로 일어난다면
어떤 대처 방법이 있는가?'라고 말이다.

용기란 어떤 두려움도 없이
과감하기만 한 것을 뜻하지 않는다.
겉보기에 용기 있는 행동을 하는 사람조차
속으로는 벌벌 떨고 있을지 누가 아는가.
어떤 일 앞에서 전혀 두렵지 않다면 그건

당신에게 그만큼 중요한 일이 아니라는 방증일 수도 있다.
나의 선택 뒤에 따를 어려움을 알기에 두려워하면서도
자신이 옳다고 믿는 행동을 하는 것이 진정한 용기이다.

자전거를 타고 전 세계를 누비는
자전거 여행가 차백성 씨가 한 말을 좋아한다.
산악자전거를 타고 산에서 내려올 때
앞에 있는 돌멩이나 나무뿌리 같은 장애물을 보면
덜컥 겁이 나 반드시 넘어지기 마련이라고,
그럴 땐 과감하게 확 지나가 버려야 되레 안전하다는 것이다.

사람은 지나친 상상을 할 때 용기를 잃기 쉽다.
그러니 할 수 없다는 생각에 갇히기 전에 그냥 해보자.

생각을 줄일 것.
두려움이 용기 그 자체라는 것을 기억할 것.

● 『중년의 터닝포인트3: 차백성 씨-대기업 상무에서 자전거 여행가로』, 동아일보, 2009.03.03.
(https://www.donga.com/news/article/all/20090303/8703295/1)

☆

용기란 무섭지 않은 게 아니라

무섭지만 계속 나아가는 것.

_작가, 앤지 토머스

매일을 살아가는 것만으로도
당신은 이미 용기 있는 사람이다.

해보자. 해보자. 해보자. 후회하지 말고.

_배구선수. 김연경

2장

오늘부터
내 맘에
들기로 했다

가장 중요한 시간은 오직 지금 현재이고,

가장 중요한 사람은 지금 당신의 옆에 있는 사람이다.

_톨스토이

자기만의
방을 찾기

○

작년 겨울, 부모님과 함께 살던 집에서 독립해

처음으로 혼자만의 공간을 갖게 되었다.

꽃길만이 펼쳐지기를 기대했건만

내 앞에는 몇 가지 액운이 도사리고 있었다.

이사한 지 얼마 안 되어 아랫집에 물이 새는 바람에

동파된 배관을 수리해야 했는데, 수리비 문제로

집주인과의 갈등에서 서러움을 느낀 것이 시작이었다.

그 일이 있고 얼마 후 노후된 문고리가 고장 나

집 안 화장실에 갇혀 119를 부르기도 했고,

밤마다 층간 소음 문제로

옆집과 아랫집 사람이 싸우는 소리에 숨죽이며

이러다 뉴스에 나오는 일이라도 생기면

어쩌나 하고 매일 밤 신경이 곤두섰다.

일련의 사건(?)들 이후

나는 집이라는 공간의 의미를 다시 생각해 보게 되었다.

어떤 공간이 지니는 본질적 의미는

심리적 안전을 보장받지 못하는 만큼 퇴색된다.

집이 내 공간으로서의 역할을 충족하지 못할 때

사람들은 대안 공간을 찾는다.

아마 누군가는 이런 이유로 카페를 찾을 것이다.

카페에서 시간을 보내는 것을

허세나 사치로 보는 시선도 있다.

그러나 어떤 이에게는 그곳이

필사적으로 찾은 유일한 자기 공간일지 모른다.

누구에게나 자기만의 방은 필요하다.

우리가 살면서 발을 디디는 공간을 전부 소유할 수는 없지만

그 공간에서 보낸 시간만큼은 내 것이 된다.

좋은 공간에서 느낀 좋은 기분,

그리고 기억은 내 삶의 일부가 될 것이다.

그리하여 우리는 오늘도 카페에 간다.

삶을 풍요롭게 만드는 방법은
추억할 공간을 늘려가는 것이다.

가짜 나를
벗어던지기

○

어느 라디오 프로그램에서 허세를 주제로
청취자의 사연을 소개하는 방송을 듣게 됐다.
한 청취자가 매장에서 물건을 살 때면
무조건 일시불로 카드를 긁고
집에 와서 계산기를 두드린다는 사연을 보내왔는데,
게스트는 자신 역시 12개월 할부를 하고 싶지만
눈치가 보여 일단 일시불로 결제를 한 적이 있다며
솔직한 경험담을 보냈다.

나도 길거리에서 매장을 둘러보다가
왠지 직원의 눈치가 보여
살 생각도 없던 물건을 사버린 경험이 있다.
어차피 한 번 보고 말 사람인데 왜 그렇게 눈치를 봤을까.
왜 떳떳하게 그냥 나오지 못했을까.

떠올려 보면 그때는 마음 깊은 곳에
일종의 자격지심이 있었던 것 같다.
없어 보일까 봐.
스스로에게 자신이 없을 때일수록
그 알량한 자존심은 더 기승을 부린다.

사람들은 낮은 자존감을 덮기 위해
반짝이는 포장지를 몸에 겹겹이 두르고 다닌다.
정작 포장을 벗기면 텅 빈 내 모습을
받아들일 자신이 없기 때문은 아닐까.

때로는 가짜 나를 벗어던지고 솔직해질 용기가 필요하다.
없는 것을 있어 보이게 하려다
별것도 아닌 틀에 스스로를 가두지 말자.
진짜 중요한 것은 이미 당신 안에 있으니까.

진정한 나를 마주하기 위해
겉치레는 필요하지 않다.

결과와 상관없이
내 삶을 사랑하기

○

프리랜서로 일을 하면서 가장 자신감이 떨어질 때가
두 가지 경우인데, 일 의뢰가 없을 때와
작업 비용이 후려쳐진다고 느껴질 때이다.
작업물의 상업성과 예술적 가치가
별개라는 것은 알고 있지만,
'최대한 싸게 해줄 수 있느냐'라는 뉘앙스의
주문을 마주할 때면 어쩔 수 없이
나 스스로에게 값을 매기게 된다.

사실 자본주의 사회에서 대부분 분야의 인건비는
노동자의 능력보다는 시장의 시세에 따라 매겨진다.
그러니 내 연봉이 아무리 작고 귀엽더라도
나의 노동의 가치가 실제로
그것과 동일하다는 것을 의미하지는 않는다.

하지만 일을 하게 되기까지 쏟은 피 땀 눈물이
월급이라는 형태로 납작해져 버리는 것을 목도할 때면
그간의 노력과 과정 전체에 회의감이 들기도 한다.

비단 일을 할 때뿐만 아니라, 많은 경우 우리는
결과에 따라 경험 전체를 판단하곤 한다.
결과가 좋으면 과정도 좋았다고 여기고,
결과가 만족스럽지 못하면 과정 전부를 폄하하는 것이다.
예를 들어 부모에게는 아이라는 결과가 주는
행복감이 무엇보다 크니 힘든 출산 과정도
긍정적으로 기억되어 다시 출산을 할 수 있고,
혹독한 이별의 결과를 경험한 사람이 지난 연애 과정 전체를
부정적으로 왜곡하여 기억하듯이 말이다.

하지만 우리의 삶을 이루는 건
결국 현재가 모인 과정의 총합이다.
결과가 그럴듯하지 않다고 해서 과정까지 깎아내리면
내 삶 전체가 평가절하당하고 만다.
일의 결과를 냉정하게 분석하되
결과와 그 과정이 준 경험적 가치는 분리해서 생각해야 한다.

누군가가 나를 결과로만 기억한다 해도,

나조차 스스로를 그런 식으로 바라보지는 말자.

때로는 결과와 상관없이

내 삶의 과정을 사랑해 주는 내가 되기를.

수고했어, 오늘도!

퇴근 후에는
일 생각을 멈추기

○

밥벌이를 하면서 내가 얼마든 대체 가능한 인력이라는 것을

피부로 체감할 때만큼 기운이 빠질 때도 없다.

빵조각을 열심히 나르는 개미 떼 중 한 마리쯤 사라져도

누구도 눈치 채지 못하고

다 같이 열심히 빵조각만 나르다 늙어버리는 건 아닐지.

내가 하는 일에 얼마나 낭만적인 이름표를 갖다 붙인대도

내가 속한 직장이나 조직은 그들의 이윤 이외에

나의 가치 같은 것에는 큰 관심이 없는 게 현실이다.

조직은 한 명의 노동자가 사그라들면

최대한 싼 비용으로 빈자리를 끊임없이 대체할 뿐이다.

마치 수많은 지나가는 사람1, 지나가는 사람2,

지나가는 사람3 같은 엑스트라들이 즐비한

한 편의 연극처럼.

최근 우리는 점점 더 값싼 인력에 대체되다 못해
인공지능에 대체될 위협마저 받고 있다.
지금까지는 인간만의 일이라 여겨지던
창작의 영역까지 넘나들며
그림을 그리고 시나리오를 쓰는 요즘의 AI를 보고 있자니
간담이 서늘해지기도 한다.

오늘날의 기계는 인간보다
더 효율적으로 움직일 뿐 아니라
사람의 두뇌보다 월등히 나은 사고를 한다.
이제 우리 인간만이 가질 수 있는 것은
따뜻한 가슴에서 나오는 인간성, 그리고 창조성이다.
그런데 그런 인간성과 창조성은
기계처럼 쉬지 않고 열심히 일만 해서는 발휘되지 못한다.
사람의 뇌는 한 번에 두 가지 일을
잘 해내지 못하기 때문이다.
쉬지 않는 뇌에서는 창조적 생각이 나오기 어렵다.
그러니 우리 모두 잠시 쉬어가야 한다.
사회가 한 사람을 다른 사람으로, 또 사람을 기계로 대체하려
위협할수록 우리에게는 적극적인 쉼이 필요하다.

우선 퇴근 후에는 일에 관한 생각을 멈추는 것에서
시작해 보자.
꼭 마무리해야 할 일이 있을 때는 빨리해 버리고,
너무 오래 업무를 복기하거나
내일 할 일에 지나치게 매이지 말아야 한다.
여유가 된다면 가능한 한 오래
마음을 텅 비우는 연습도 해보자.
그리고 주말에는 해야 하는 일보다 하고 싶은 일을 하며
사랑하는 사람들과 함께 시간을 보냈으면 한다.

우리는 '열심히 살면 성공한다'라고만 배웠지
일이 나에게 주는 의미 같은 것은
제대로 생각해 본 적이 없다.
나의 대체 가능성에 대해 다시금 생각해 본다.
일터에서 나는 언제든 얼마든 대체 가능한 인력이다.
하지만 나의 가족, 친구, 연인에게
우리는 대체되지 않는 단 한 사람이다.
이 세상 모두가 나를 다른 것으로 대체하려고 할 때에도
그들은 유일한 주연 자리를 우리에게 내어준다.

대체 가능한 '노동자1'이 되는 현실에 속상한 날에도,
우리 모두가 서로에게 대체 불가능한
소중한 사람임을 잊지 않았으면 한다.

내일 할 수 있는 일을 오늘 하지 마라.

_터키 격언

내가 잘한 건
내가 알아주기

○

한국어 자막이 입혀진 외화를 볼 때마다
늘 의문스러웠던 게 하나 있다.
바로 '유어 웰컴'의 번역어가 늘 이런 식이라는 점이다.

'Thank you.' (고마워)
'You're Welcome.' (천만에)

일상생활에서 누군가에게 고맙다는 말을 들었을 때,
'천만에'라는 연극적인 어투를 사용하는 사람을
본 적이 있는가?
아니, 평생 '천만에'라는 단어를 입으로 뱉어본 적은 있는가?
'천만에'를 사전에서 찾아보면 '전혀 그렇지 아니하다,
절대 그럴 수 없다는 뜻으로, 상대편의 말을 부정하거나
남이 한 말에 대하여 겸양의 뜻을 나타낼 때 하는 말'이라고

나온다.

우리가 흔히 '아니야', 또는 '별거 아니야'라고

대답하는 것과 비슷한 의미이다.

그렇다면 왜 '유어 웰컴'이 한국어로는

'아니야'라고 의역될 수밖에 없을까.

고맙다는데, 아니긴 뭐가 아니란 말인가?

우리말에는 상대의 고마움을 받아들이는

좀 덜 겸손한 관용어는 없는 걸까.

만약 한국어를 공부하는 외국인의 입장에서 듣는다면

마치 상대방의 고마움을 부정하는 것처럼 들릴지도 모른다.

이렇게 말이다.

'Thank you.' (고마워)

'No.' (아니야)

칭찬을 주고받는 대화에서도 마찬가지다.

'잘했어(Great)'라고 칭찬하면, 한국인들은

'고마워(Thank you)' 대신 또 '아니야(No)'라고 한다.

특히, 내가 상대보다 나이와 같은 권력관계의

열위에 있는 상태일 때 그렇다.

그게 예의 있는 행동이라고 배웠고,

사회적으로 합의되었기 때문이다.

게다가 개인주의적인 서구 문화에 비해

비교적 관계 지향적인 한국 문화에서는

대화할 때 나보다 타인의 기분이 조금 더 중요시된다.

그렇다 보니 자기 자신을 낮추는 문화가

언어를 비롯한 일상생활에 촘촘히 배어 있다.

겸손이 나쁘다는 게 아니다.

다만, '이 정도는 칭찬받을 일이 못 된다'라는 식으로

스스로의 성과를 당연시하는 지나친 겸허가

엄격한 자기평가로 이어지지 않도록 경계해야 한다는 것이다.

안 그래도 칭찬에 인색한 세상인데,

나라도 나에게 약간의 칭찬을 허락해 보자.

이제는 기분 좋은 칭찬을 듣게 된다면,

'아니야' 대신 '고마워'라고 말하며

가볍게 미소 지어보는 건 어떨까.

내가 잘한 건 내가 알아주자.

잘했어!

대단한데?

그 옷 잘 어울려!

멋지다!

고마워!

가끔은 의도적으로
단절되기

○

일전에 카카오톡 시스템 오류로 몇 시간 정도
메시지 송수신 기능이 멈추는 일이 있었다.
포털 사이트에서 '카톡 오류'를 검색해 보니
이미 많은 사람들의 항의 댓글이 빗발치고 있었다.
야근 중인데 업무 자료 전송이 안 되어
퇴근을 못 하고 있는 사람,
좋아하는 사람에게 고백 메시지를 보낸 후
발을 동동 구르고 있는 사람 등.
대부분은 오류를 빨리 해결해 달라며 아우성이었다.
타인과의 연결망이 단 몇 시간 끊겨졌을 뿐인데
전 국민의 생활이 마비되어 버린 것 같았다.
이토록 촘촘하게 관계의 사슬에 매여 살고 있었다니.

비단 메신저 앱뿐만이 아니다.

SNS를 사용하다 보면 관심에 중독되어 가는 것 같아

가끔 무서울 때가 있다.

인스타그램 팔로워가 3명이 늘어도

같은 시각 언팔로우한 사람이 1명이라도 생기면

곧바로 위축감이 들 때가 있다.

그런데 이건 사실 SNS 회사들이 정확히 원했던 결과다.

천천히, 은밀하게 우리의 내면에

불안감의 목소리가 침투하는 일 말이다.

'언팔로우 숫자를 메꾸려면 더 많은 게시물을 올려봐!'

'관심이 더 필요하지 않겠어?'

'다른 사람들이 얼마나 즐거운 시간을

보내고 있는지 확인해 보라고!'

소외되는 것에 대한 두려움.

일명 포모(FOMO, Fear of missing out) 때문에

사람들은 언제나 자신이 잘못된 선택을 한 것같이 느낀다.

주말에 집에서 책을 읽거나 식사를 하며

조용하고 온전한 시간을 보내다가도,

SNS 속 지인들의 모임 사진을 보는 순간

갑자기 불안감이 엄습하는 것이다.

SNS 회사들은 이런 방식으로

사용자가 스스로를 불신하게 만든다.

우리가 더 불안해지고 많은 시간을 SNS에 바칠수록

그들의 광고주는 사람들이 끊임없이

불필요한 물건을 사게 만들 수 있다.

우리의 관심과 시간은 이렇게 나도 모르는 사이

시장에서 거래된다.

포모 때문에 나를 잃지 않으려면

더 많은 조모(JOMO, joy of missing out),

즉 이 순간에 집중하는 즐거움이 필요하다.

나의 주체성을 지키기 위해

안 해도 되는 일은 안 하는 능력이 무엇보다 필요한 시대다.

'더하기'보다는 '빼기'.

내 마음의 방에 행복을 들이려면 비우는 게 먼저다.

쓸데없는 걱정, 지나친 불안, 소외감의 공포.

이런 것들을 걸러내는

마음의 분리수거 작업부터 시작해 보자.

그 시작을 위해 나만의 SNS 디톡스 팁을 소개하자면,
나는 평일에는 SNS 사용 시간에 제한을 두고
주말에는 아예 SNS 앱 자체를 지워놓기도 한다.
그럼 다시 다운로드하고 로그인하기 귀찮아서라도
사용을 안 하게 되더라.
그리고 그때만큼은 몰아치는 과도한 정보를
적극적으로 차단하려고 한다.

다시 카카오톡 오류 이야기로 돌아가면,
그날 수많은 항의 댓글 와중에 눈에 띄는 댓글이 하나 있었다.

'업무 메시지가 안 와서 좋네요.
일 안 하게 아예 내일까지 오류였으면 좋겠어요.
서버 점검 천천히 해주세요~^^.'
신선한 발상의 전환이었다.

가끔은 의도된 단절이 필요하다.
내 삶에 끼어드는 불필요한 자극을 막고,
지나친 연결망의 구속에서 벗어나기 위해
우리에게는 휴대전화를 잠시 꺼둘 자유가 필요하다.

☆

고독은 혼자 있는 자의 심정이 아니라,
욕망하지 않는 것과의 연결을 끊은 자가
확보한 자유다.
_『은둔기계』, 김홍중

● 김홍중, 『은둔기계』, 문학동네, 2020, 62쪽

우리는 주도적인 삶을 꿈꾸죠.

그건 완벽하거나 쉬운 삶은 아니겠지만 간단한 삶일 겁니다.

그러기 위해서는 당신의 앞길을 막는 것들을

조금 내려놓아야 합니다.

_『미니멀리스트』 저자, 라이언 니커디머스

● 넷플릭스 다큐 〈미니멀리즘: 오늘도 비우는 사람들〉(The Minimalists: Less Is Now, 2021) 중

이상하고 무례한 사람에게
괜히 힘 빼지 않기

○

다정하고 친근한 것 같지만 잘 보면

그 아래에 날 선 발톱을 숨기고 다가오는 사람들이 있다.

건설적 조언인 척, 이성적 비판인 척하는

그들의 말에는 언제나 냉소가 가득하다.

개중에는 당장은 기분이 나빠도

시간이 오래 지나면 고맙게 느껴지는 말도 더러 있기는 하다.

하지만 대부분의 경우 충고의 탈을 쓴 비난이나 오지랖은

별 도움도 안되고 그냥 기분만 더럽다.

말 같지 않은 말을 들었을 때, 이론적이고 이상적인 방법은

상대방의 잘못을 확실히 짚어주는 것이다.

하지만 그게 성격에 영 안 맞거나

피곤하게 느껴지는 분들을 위해

무례에 대응하는 삶의 지혜를 몇 가지 공유하고자 한다.

1) 동문서답하기

나를 은근히 깔아뭉개는 사람을 대할 때,

혹은 끼고 싶지 않은 뒷담화를 들었을 때 활용할 수 있다.

"김 대리 오늘 입은 옷 봤어요?

자기가 무슨 연예인이야 뭐야~. 완전 관종이라니까."

"아, 네. 근데 오늘 오후에 비 온다는데 우산 챙기셨어요?"

2) 애매하게 대답하기

몇 가지 애매한 단어만 반복 사용함으로써

과한 오지랖에 대처하는 방법.

웃으면서 AI처럼 똑같은 대답을 반복하면

대부분의 질문은 가뿐히 넘길 수 있다.

"오늘 화장이 화려하네? 퇴근하고 데이트하나 봐요~?"

"그냥 뭐…. ^^"

"에이, 무슨 대답이 그래요.

가만 보면 김 대리 은근히 답답한 구석이 있어."

"그러게요…. ^^"

만약 악의를 갖고 작정하고 나의 기를 누르려는

사람을 만났을 때는 최대한 강하게 대처하거나 혹은

아예 무시하거나 피하는 등

극단적 선택을 해야만 할 때도 있다.

하지만 이 악물고 달려드는 사람에게 똑같이 이 악무는 순간

상대가 짜놓은 판에 말려드는 건 시간문제.

이상한 말에 감정적으로 대응해 봐야

남는 건 스트레스뿐일 수도 있다.

인생은 길고, 인생길에서 만나는 모든 멍청이들에게

나의 소중한 에너지를 쏟을 필요는 없다.

그러니 모든 상황에 너무 심각해지지 말 것.

누군가의 개소리는 그 사람의 인격일 뿐,

나를 정의하지는 못하니까.

이게 다
널 위해서 하는 말…

입으로 방귀 뀌지 말고,
정말 나를 위한다면
그 입 다물어줄래?

애매모호함을 견디는
어른이 되기

○

결혼에 관한 오래된 농담 중에 이런 말이 있다.
결혼 전 상대의 장점이라 생각했던 점이
결혼 후에는 단점이 되고,
단점이었던 것은 오히려 장점이 되기도 하더라고.
세상 모든 일에 장점과 단점이 공존하기 마련이니,
우스갯소리지만 어찌 보면 삶의 본질을 꿰뚫는
대단한 통찰이다.

또, 구전되는 대표적인 경구 중에
'사람은 안 변한다'라는 말이 있다.
누군가의 부정적인 특질에 대해
체념하는 듯한 표현으로 주로 쓰이는 말이다.
그런데 같은 의미를 '사람 참 한결같다'라고
긍정적 뉘앙스로 표현하기도 한다.

잘 변하지 않는 일관성이라는 특성을

어떻게 바라보느냐에 따라

단점이 되기도 장점이 되기도 하는 것이다.

가령, 공감 능력이 높은 것이

교사나 간호사에게는 장점이 되겠지만,

군인에게는 단점이 될 수도 있다.

이렇듯 내 성격의 특징은 나의 개성일 뿐,

그것이 장점이 되느냐 단점이 되느냐는

주변 상황과 맥락에 따라 달라진다.

우리는 한 사람에게

영원히 지속되는 본질적 특성이 있다고 믿는다.

그래서 그 사람이 환경과 상황에 따라

변할 수 있다는 것을 받아들이지 못하기도 한다.

다른 사람의 특징을 빠르게 단정 내릴수록

그에 대한 내 태도를 결정하기도 쉽기 때문이다.

우리 모두는 삶의 다양한 맥락 속에 놓여 있다.

나에게 세상 둘도 없는 절친이

누군가에게는 쓰라린 상처를 남긴 연인일 수도 있고,

나에게 괴팍한 동료도

동시에 소외된 이웃을 돕는 따뜻한 기부자일 수 있다.

세상에는 절대적으로 좋은 것도, 절대적으로 나쁜 것도 없다.

그러니 나와 타인 단둘만의 사회적 맥락에서 보이는 모습이

상대방의 전부는 아님을 이해해야 한다.

이런 애매모호함을 견딜 수 있을 때

우리는 비로소 어른이 된다.

☆

세상에 좋고 나쁜 것은 따로 없다.

오직 우리의 생각에 달렸다.

_〈햄릿〉, 셰익스피어

모든 것은 저마다의
아름다움을 지니고 있다.
그러나 모든 이가 그걸 보진 못한다.

–공자

나 자신을 위해
너그러워지기

○

나는 '참는 게 이기는 거다', '네가 조금 손해 보고 살아라'
같은 말이 참 싫었다.
잘해주면 호의를 권리로 아는 사람들에게 다치기도 하고,
양보하고 이해하면 바보가 되기도 했으니 말이다.
분명히 나에게 법적인 권리가 있는데도
법대로 안 돌아가는 세상 때문에 답답한 상황도 있었다.
더 억울한 건 그럴 때마다 참지 않고 일일이 내 몫을 외쳐대도
더 고통스러운 쪽은 되레 내가 되기도 한다는 것이었다.

나이가 들어 깨닫는 건, 어른은 성숙해서가 아니라
더 이상 중요하지 않은 일로 싸울 기력이 없어서
너그러워지기도 한다는 것이다.
누군가와 언성을 높이거나
오랜 기간 내 감정을 쏟아부으며 씨름한 일은

해결이 된 후에도 불쾌한 기분이 지속되어

나를 괴롭히기도 한다.

당장의 기분은 나아질지 몰라도

장기적으로는 정신적인 손해를 보는 격이다.

특히 공적인 인간관계에서 무례함을 당한다고

감정적으로 반응하면 자신의 경력에도 영향을 미칠 수 있다.

그래서 때로는 당한 만큼 갚아주겠다는 생각이

자신을 좀먹는다.

복수는 승자 없는 게임이고, 감정은 전염성이 강해서

공격성을 표출할수록 분이 풀리기보다는

분노가 강해지기도 한다.

예전에는 불쾌하거나 억울한 일을 당했을 때

내 감정을 당장 표출하지 않으면

속에서 천불이 나 밤잠을 설칠 때도 있었다.

그런데 어느 순간 그럴 필요가 없다는 걸 깨달았다.

우리가 사는 세상이 정의가 늘 이기는 곳은 아닐지라도

나의 마음 안에서만큼은

선이 언제나 악을 이긴다고 믿기로 했기 때문이다.

악을 품은 마음은 결국 스스로를 삼키기 마련이다.

그러니 내가 애써 노력하지 않아도,

타인을 아프게 한 사람의 마음은 이미 지옥 속에 있을 것이다.

잠깐, 그렇다고 해서 분노를 무조건 삭이라는 뜻은 아니다.

분노를 삭이며 참는 것은 정신 건강에 매우 좋지 않다.

인내는 언제나 분노 없이 이루어져야 한다.

그럴 때 나를 힘들게 하는 상황이

당장 죽고 사는 문제인지 생각해 보면 도움이 된다.

만약 그렇지 않다면

내가 사안의 중요도 이상으로 감정을 쏟고 있는 건 아닌지,

그게 장기적인 손해로 돌아오지는 않을지 생각해 보고

자신을 위해 조금은 영악한 판단을 했으면 한다.

뻔한 얘기지만, 인내 다음으로 이상적인 단계는 용서다.

스탠퍼드 대학교 '용서 프로젝트' 연구에 의하면

용서가 스트레스를 낮추고, 자신감을 높일 뿐 아니라

면역 체계를 개선해 심혈관계 질환과 만성 통증을 줄이는 등

실제 신체 건강에도 유익하다고 한다.*

이 정도면 용서가 시쳇말로 거의 '개이득' 아닌가?

물론 세상에는 용서받을 자격조차 없는

악행을 하는 사람도 분명 존재한다.

그러나 이미 과거가 된 누군가의 잘못으로

지속적으로 힘들어하고 있다면,

그가 여전히 당신을 지배하도록 놔두는 것이나 다름이 없다.

그러니 더 이상 중요하지 않은 일로

나를 너무 오래 옭아매지는 말자.

● 사우나 샤피로, 박미경 옮김, 『마음챙김』, 안드로메디안, 2021, 169쪽

나에게 상처 준 사람에 대해
깊게 생각하지 않기로 했다.
또라이 하나 때문에 소중한 오늘을
망치고 싶지 않으니까.

이해되지 않는 일을
이해하려 애쓰지 말기

○

배우 윤여정 씨를 좋아한다.

그녀가 영화 〈미나리〉를 통해 오스카에서 여우조연상을

수상하면서 했던 수상 소감이 한동안 화제에 올랐었는데,

그 영상을 보고 나는 그녀가 더 궁금해졌다.

그렇게 찾아보게 된 한 인터뷰 기사에서 이런 대목을 읽었다.

˙과거에는 작은 역할만 들어오고,

대부분의 사람들이 자신을 싫어해 고통스러웠다고.

관객들이 이혼녀는 텔레비전에

나오면 안 된다고 말하곤 했다고.

그런데 이제는 자신을 굉장히 좋아하니, 이상하지 않느냐고.

이상하지만 인간은 원래 그렇다고.

● 「〈미나리〉 윤여정 NYT 인터뷰…"쾌활한 웃음에 자연스러운 기품"」, KBS NEWS, 2021.04.03.
(https://news.kbs.co.kr/news/view.do?ncd=5154518)

그 대목을 읽고 나는

이해할 수 없었던 지난 관계들을 떠올렸다.

마음을 열고 다가갔지만 멀어지기만 했던 사람들.

이해해 보려 해도 서운한 마음이 떨쳐지지 않고

생각만 복잡해지던 관계들.

어쩌면 그 관계들은 내가 뭔가를 잘못해서

멀어진 게 아닐 수도 있을 텐데

자꾸 나에게서 원인을 찾으려고 했던 것 같다.

이제는 인간관계 고민으로 마음이 심란할 때면

그녀의 말을 떠올리며 생각한다.

이상하지만 인간은 원래 그렇구나.

나를 좋아했다가도 싫어하기도 하는구나.

또 싫어했다가 좋아하게 되기도 하겠지.

관계에 문제가 생겼을 때

지나치게 분석을 하는 것은 사실 별 도움이 되지 않는다.

분석은 우정이나 사랑을 다시 되살려 주지도,

갈등을 해결해 주지도 않는다.

그러니 타인의 말과 행동 뒤에 숨은 의미를

굳이 알려고 하지 말자.

'그 사람이 나에게 왜 그런 말과 행동을 했을까?'

그런 생각을 하며

기억을 곱씹거나 상대의 마음을 멋대로 넘겨짚지만 않아도

인생도 관계도 훨씬 편해진다.

우리는 모두 다른 상황과 환경에서 살아왔기에

서로를 백 퍼센트 이해할 수도, 그 속사정을 다 알 수도 없다.

그러니 타인의 말과 행동을 있는 그대로 받아들이자.

더 이상 이해되지 않는 일을 이해하려 너무 애쓰지 말자.

넘겨짚기 금지.

서로의 다름을
인정해 주기

○

한 예능 프로그램에서 방송인 송은이 씨가
살면서 이해할 수 없는 순간들을 맞닥뜨렸을 때
되뇌었던 말을 소개하는 장면을 보았다.

'(걔들은) 그러라 그래'
'음… 그럴 수 있어!'

이 두 문장은 가수 양희은 씨에게서 듣고
마음에 새기게 된 말이라고.
이 장면이 SNS 상에서 인기를 얻으면서 양희은 씨는
『그러라 그래』라는 제목의 에세이를 출간하기도 했는데,
책에서 그는 이렇게 말한다.
같은 노래라도 관객의 평이 모두 다르듯이 정답이랄 게 없기에
남 신경 쓰지 않고 내 마음이 흘러가는 대로 살기로 했다고.

오랜 세월의 통찰에서 나온 그의 말은

나에게도 큰 울림을 주었고,

지난 관계들을 돌아보게 했다.

다소 생각의 폭이 좁았던 20대 때는

'어떻게 네가 나한테 이럴 수 있어?' 같은 식의

생각을 자주 했던 것 같다.

그런 생각은 '너는 절대 나한테 이럴 수 없어'라는 전제가 깔린

극단적인 태도에서 기인한 것이었다.

연구에 의하면 만성 우울증 환자들은 '결코', '절대' 같이

여지를 두지 않는 표현을 비교적 많이 하는 경향이 있다고 한다.

이들은 상대방이 자신의 마음대로 따라주지 않았을 때

'그럴 수도 있지'라고 생각하는 사람보다

상대적으로 더 상처받을 가능성이 높아지고,

그러니 더 우울해지게 된다.

타인을 잘 포용하지 못하는 사람들이 자주 쓰는

말 중에는 '원래'라는 말도 있다.

이들은 '나는 원래 이런 사람이니까',

'그는 원래 나와 잘 안 맞으니까' 같은 말들로 서로를 단정 짓는다.

이런 식으로 관계에서 대부분의 갈등은
'나는 옳고, 너는 그르다'라는 생각에서 벌어진다.
옳고 그른 것의 틀에서 나와 서로의 다름을
인정해야만 다음 단계로 나아갈 수 있다.

사람마다 생각과 감정이 다 다른 게 정상이다.
'당신도 옳고, 나도 옳다.
우리 같이 합의점을 찾아가 보자'라는 태도가 필요하다.
그러니 나의 옳음을 증명하기 위해
불필요한 에너지 낭비를 하지 말자.
'너를 생각해서 하는 말'이 진짜 상대방을 위해서 하는 말인지,
아니면 내가 맞다고 인정받고 싶어 하는 말인지
구분할 필요가 있다.
후자라면, 내가 나를 인정해 주고 넘어가면 그만이다.

반대로 누군가 나를 위하는 척 본인을 위한 말을 계속 해댈 때는,
양희은 씨가 한 말을 가만히 떠올려 보자.

'그러라 그래.'
'그럴 수 있어.'

세상에 명확히 맞고 틀린 건 없는 게 아닐까.

내가 즐거움이라 이름 붙이면
힘든 순간도 좋은 경험으로 남을 수 있고
누군가 나를 오해하고 비난한다고 해도
내 진짜 모습을 바라봐 주는 한 사람이 있다면
그걸로 충분할 것이다.

그러니 모두에게 나를 확인받지 않아도 괜찮아.

너는 너의 길을 가고
나는 나의 길을 가면 된다.

3장

우리의
오늘은
작고 소중해

오늘 하루도 욕심내지 말고
딱 너의 숨만큼만 있다 오거라.
_고희영, 『엄마는 해녀입니다』 중

● 고희영, 『엄마는 해녀입니다』, 난다, 2017, 33쪽

오늘을 임시로
살지 않기

○

2년마다 거처를 옮겨 다니면서,

그곳을 늘 금방 나갈 곳으로만 생각했다.

내 취향대로 공간을 꾸미는 것은 사치나 낭비 같았다.

그렇게 오지 않은 미래의 어느 날만을 기다리며

타인의 취향만 가득한 시간이 쌓여갔고,

내 인생이 내 것처럼 느껴지지 않았다.

임시라고 이름 붙인 공간에 머무른다는 건

그곳에서의 삶마저 임시로 만드는 것이었다.

유기묘를 7년째 '임보(임시 보호)'하고 있다는

어느 분의 이야기를 들었다.

그 정도 세월이 흘렀으면 이제는 임보가 아니라

그냥 같이 사는 가족인 것이다.

언젠가 내 집이 생기면 내 취향의 공간을 만들리라는

다짐만 품은 채로 2년, 4년, n년….
그렇게 축적된 하루하루는 모여 곧 내 인생이 된다.

과거에는 결혼 후 자기 집을 갖게 되어야만
본격적으로 인테리어를 하는 분위기가 지배적이었다면,
최근에는 월세나 전셋집 셀프 인테리어 열풍이 불고 있다.
어쩌면 평생 내 집을 갖지 못할지도 모르는데
불확실한 미래에 오늘의 행복을
저당 잡히고 싶지 않기 때문일 것이다.

나중에 하겠다는 말은
하지 않겠다는 말의 동의어나 마찬가지다.
더 이상은 임시로 살고 싶지 않아
오늘도 내 한 몸 뉠 공간 구석구석을 살뜰히 살피고
나만의 취향으로 채워나간다.

공간을 돌보는 일은 내 삶을 대충 때우지 않으리라는 의지,
오늘 하루를 가장 소중히 살겠다는 절실한 다짐이다.

하고 싶은 일을 시작할
가장 좋은 때는 지금이다.

몸과 마음이 건네는 소리에
귀를 기울이기

○

숨 쉬기를 제외하고는 몸의 움직임을

극도로 제한하며 살아온 사람이

피트니스 클럽 6개월 회원권을 끊기로 결심할 때는,

대개 '이렇게 살다가는 죽겠구나' 싶은 생각이 들 때이다.

딱 그런 생각으로 필라테스를 시작했다.

몇 해 전 원인 모를 다리 통증으로 정형외과에 갔는데

'운동을 너무 안 해 다리 근육이 퇴화되었다'라는

진단을 받았다.

더 이상은 이렇게 살면 안 되겠다 싶어

피트니스 클럽으로 향했고,

프런트 직원의 '오늘까지만 6개월 할인'이라는 말에

덜컥 등록을 해버렸다.

지난 세월 숱하게 날려먹은

피트니스 클럽 회원권을 떠올리면

무모한 결정이었을지 모르나,

지금은 그 프런트 직원에게 너무나 감사하고 있다.

환불할 수 없는 회원권 덕분에 살면서 처음으로

6개월 이상 운동을 지속할 수 있었기 때문이다.

살기 위해 이 악물고 시작한 운동이었는데,

예상 밖에도 좋아진 건 몸의 건강뿐만이 아니었다.

잡생각이 많은 편이라 늘 두통을 달고 살았었는데,

플랭크 자세를 할 때는 오직

'하나, 둘, 셋, 넷… 선생님 제발 그만이요!' 외에는

아무 생각도 들지 않았다.

그래서 몸이 힘들수록 쓸데없는 상념이

사라지고 정신은 더 맑아졌다.

연구를 통해 입증된 방법 중 우울증을 개선하는

대표적인 것 중 하나가 바로 '달리기'이다.

달리기로 몸이 건강해지는 것은 당연한 일이지만

마음을 건강하게 하는 방법 역시 달리기라니!

결국 몸과 마음이 연결되어 있다는 게

과학적으로도 입증되는 셈이다.

그러니 몸을 잘 쓰기 위해 마음을 잘 살펴야 하고,

마음을 안정시키기 위해 반드시 몸을 잘 돌보아야 한다.

그런데 보통 우리는 반대로 한다.

몸이 피곤할 때 정신적으로 과한 자극을 주는

게임을 오래 한다거나,

화가 났을 때 자극적인 음식을 먹으며 몸을 망가뜨리기도 한다.

정신과 전문의 전홍진 교수는

『매우 예민한 사람들을 위한 책』에서

우리에게 '완전히 쉬는 능력'이 필요하다고 말한다.

사람들은 쉰다면서

스마트폰으로 SNS를 하거나 웹 서핑을 한다.

그건 몸과 마음을 이완시키는 것과는 정반대의 행동이다. *

어떨 때 내 몸이 편안해지는지 잘 살펴보고,

마음이 불안하거나 힘들수록 몸을 잘 쉬게 해주자.

그리고 언제나 몸과 마음이 건네는 소리에 귀를 기울이자.

● 전홍진, 『매우 예민한 사람들을 위한 책』, 글항아리, 2020, 286쪽

깊게 숨을 들이마시고, 내쉬고~

생의 모든 과정 속에
머무르기

○

등산이라는 운동은 참 재밌다.

언뜻 생각하면 등산의 목표는 산 정상을 오르는 것 같지만

엄밀히 따지면 사실 최종 목적지는 출발지, 바로 집이다.

인류는 시간을 아끼고 효율적으로 일하기 위해

인간의 다리를 대신할 인간보다 훨씬 빠른 기계를

발명한 유일한 동물이지만,

결국 다른 동물들과 다르지 않게 걷기 위해 다시 시간을 낸다.

다시 내려가기 위해 올라가는 일.

우리가 등산에서 궁극적으로 경험하고자 하는 것은

꼭대기에 머무르는 짧은 순간보다는

걷기라는 과정 자체인지 모른다.

하지만 등산할 때를 제외하면

우리는 역사적으로 볼 때 어느 때보다 걷지 않는 세대이다.

걷지 않는 우리는
과정에 머무르는 방법도 잊어버린 듯하다.

정신과 의사 문요한 박사는 『관계를 읽는 시간』에서
행위의 보상이나 결과와 관계없이 과정 자체에서
나를 기쁘게 하는 경험이 곧 행복이라고 말한다.[*]

과정을 즐긴다는 것은
현재 내가 할 수 있는 일만 생각해야 함을 뜻한다.
현재의 순간에 머무를 수 있는 사람은
만약 일의 결과가 만족스럽지 못하더라도
그 과정에서 얻은 만족감을 만끽할 수 있다.

우리의 인생은 등산과 크게 다르지 않다.
꿈을 이루는 순간보다 꿈을 향해 나아가는
모든 과정이 우리가 진정으로 머물러야 할 곳이다.

● 문요한, 『관계를 읽는 시간』, 더퀘스트, 2018, 315~316쪽

무엇보다 걷고자 하는 열망을
잃지 않길 바란다.
날마다 나는 나 자신을 행복 속으로 바래다주고,
모든 아픔에서 걸어 나온다.

_쇠렌 키르케고르

지금 이 순간을
사랑하는 연습하기

○

계획광인 나는 체크리스트 만들기를 무척 좋아한다.
일정을 하나 마칠 때마다
빨간 펜으로 줄을 쫙쫙 그을 때 어찌나 짜릿한지!
하루 분량의 체크리스트 확인을 모두 마치고 나면
오늘 하루를 잘 끝냈다는 의미에서
탁상 달력의 오늘 날짜 위에 X자 표시도 한다.

그런데 어떤 날은
하루가 다 가기도 전에 미리 X자를 칠 때가 있다.
남은 시간이 많지 않으면
그날 하루가 이미 끝난 것처럼 치부해 버리는 것이다.
연말이 되어 X자 표시로 점철된 달력을 넘겨보다
일순간 정신이 번뜩 들었다.
'나, 하루하루를 과제 수행하듯이 살고 있었네.'

영어 관용구 중에 이런 말이 있다.

'We'll cross that bridge when we come to it.'

직역하면 '우리는 필요하면 그 다리를 건널 것입니다'라고

해석할 수 있지만, 실제로는

'그 문제에 대해서는 지금 당장 이야기하지 말자'.

'그런 일이 생겼을 때 해결하면 된다' 정도의 뜻으로 쓰인다.

다리에 도착하기도 전부터 어떻게 건널지

너무 미리 걱정하지 말자.

인생은 아무리 대비해도 막기 힘든 변수투성이지만

또 막상 예기치 못한 상황이 닥치더라도

어떻게든 굴러가기도 하니까 말이다.

올해부터는 하루가 끝나면

달력의 오늘 날짜 위에 동그라미를 치기로 했다.

어릴 적 '참 잘했어요' 도장과 함께 받았던

빨간 동그라미의 기쁨을 스스로에게 주기로 한 것이다.

사소한 변화지만 달력을 볼 때마다

지나간 날들과 오늘 하루를

좀 더 긍정하게 되는 나를 발견한다.

행복은 현재에 있는데 나는 자꾸 다른 곳에서 찾고 있었다.

마음이 과거나 미래로 갈 때마다

다시금 현재로 가져오는 연습을 해보자.

지금 곁에 있는 것들을 조금 더 사랑할 수 있도록.

행복을 꿈꾸는 것만으로도 당신은 행복해질 수 있다.
행복을 향하는 그 마음이 바로 지금, 여기에 있으므로.

80살쯤의 나를
상상하기

○

무언가 주저될 때면,

한 80살쯤 되었을 때의 나를 상상해 보곤 한다.

그때의 내가 지금을 돌아본다면 무엇을 한 것을,

무엇을 하지 않은 것을 후회할까.

아마 가장 후회가 되는 건 이런 일들 아닐까.

시간이 없다는 핑계로 후순위로 밀린 아주 사소한 일들.

가령 가족이나 친구들과 조금 더 시간을 보내지 못한 일,

내 마음과 건강을 제대로 돌보지 못한 일 같은 것들 말이다.

많은 사람들이 살아가며

잠깐의 여유를 갖는 일에 조바심을 느낀다.

더 중요하고 생산적인 일에 시간을 전부

할애해야 한다고 생각한다.

그런데 잘 생각해 보면 조바심을 느끼며

숨도 안 쉬고 달렸을 때와 그렇지 않았을 때,
생사가 갈릴 만큼 큰 차이가 나는 일은
많지 않다는 것을 알게 된다.

조바심을 낼 때 우리는 바로 앞만 지나치게 열심히 보느라
주변을 넓게 둘러보지 못한다.
시야가 좁아지고 편향된 생각을 하게 된다.
하지만 긴 인생길을 걸어가려면 천천히 가야 한다.
조급한 마음이 들 때일수록 긴장을 풀고,
심호흡을 한번 하고 다시 걸을 줄 알아야 한다.

멀리 볼 수 있는 사람은
변화하는 세상을 여유롭게 받아들일 수 있고,
그때그때 더 나은 선택지로 대응할 수 있다.
그래서 나는 오늘도 30분의 시간을 내어 동네 길가를 걷는다.
천천히 사과를 먹고, 시를 읽고
짬을 내어 엄마와 전화 통화를 한다.
다름 아닌 이 순간순간이 행복이었음을 반추하며 걸을
80살 즈음 어느 날의 산책길을 떠올리면서.

참 좋은
인생이었지….

무슨 일이 있어도
다시 앞을 보기

○

운전을 배우며 알게 된 사실이 하나 있다.
한 사람이 운전을 하는 방식은
그 사람이 인생을 사는 방식을 그대로 따른다는 것.

나는 운전을 하다 앞에서 돌발 상황이 생기면
그곳을 너무 오래 쳐다보느라 앞을 보는 걸 자꾸만 놓친다.
상황 파악은 빠르게 하고, 다시 앞을 봐야 하는데
그게 왜 이리도 잘 안되는지.
곰곰이 생각을 해보니, 나는 인생 자체를
그런 방식으로 사는 사람이더라.

계획하던 일이 틀어지거나 예기치 못한 난관에 부딪히면
나는 그 상황에 마음이 고이다 못해 썩어 문드러질 때까지
오랜 시간이 지나서야 다시 앞을 보는 사람이더라.

그런 성향이 운전을 할 때도 그대로 드러났다.

차는 없지만 장롱면허의 갱신일이 다가와

아빠에게 연수를 꾸준히 받고 있는데,

요즘 귀에 딱지가 앉도록 같은 이야기를 듣고 있다.

운전은 전방 주시가 70%,

주변 파악은 30%만 슬쩍슬쩍 하라고.

그리고 주변을 볼 때는 발을 항상 브레이크에 놓으라 하신다.

일단 멈추면 큰 사고는 안 생긴다고.

나는 이 조언이 인생의 길에서도

그대로 적용된다는 생각이 들었다.

살아나가며 어떠한 장애물을 만나더라도

일단 차분히 멈추면 큰일은 피할 수 있다.

예측 못 한 변수가 생기더라도

그곳에는 30% 정도의 마음만 두고,

나머지 70%의 마음은 항상 내가 나아가야 할

방향으로 향해 있어야 한다. 그래야 길을 잃지 않는다.

운전 실력은 여전히 서툴지만

나는 운전 길에서 인생길을 살아가는 방법도 배운다.

인생도 운전처럼.

전방 주시가 70%, 주변 파악은 30%만 슬쩍슬쩍.

언제나 앞을 보는 것을 잊지 않기.

때로는 적당히
잊어버리며 살기

○

누군가와 말다툼을 할 때 최악의 상황은
상대방이 예전 일을 전부 끄집어내서
들먹이기 시작할 때이다.
우리는 이런 상황을 되도록 피하고 싶어 하면서도
나 자신에게는 그런 행동을 아무렇지 않게 하곤 한다.

그 사람을 놓치지 말걸.
그 회사에 들어갔어야 했는데.
그 말은 하지 말걸.
의미도 쓸모도 없는 되새김질로 자기 자신을 괴롭힌다.

그때의 나에게는 그게 최선이라 한 선택일 것이고,
설령 과거로 돌아갈 수 있다고 해도
같거나 비슷한 선택을 할 확률이 높다.

그런데도 과거로 돌아갈 수만 있다면
더 나은 선택을 하리라 확신하며 후회한다.

그러나 아무리 아쉬워하고 괴로워한들 과거는 과거일 뿐.
'왜 그랬을까.'
'나에게 왜 이런 일이 생긴 걸까.'
왜, 왜, 왜!
'왜'에 매달리는 것은 아직 과거에 머물러 있다는 뜻이다.
어떤 일의 '원인'은 과거보다 더 먼 과거의 일이기 때문이다.
미래로 나아가는 사람은 무엇을 어떻게 할지
'목적'을 생각한다.

우리는 망각을 거스르며 시험 문제를 기억하는 법만 배웠지,
망각을 잘 이용하며 살아가는 법을 배우지는 못한 것 같다.
의미 있는 기억은 소중히 간직해야 하지만
그렇다고 모든 과거가 여전히 현재를 대신하도록
두어서는 안 된다.

우리의 미래를 좌우하는 건
과거에 내가 하거나 하지 않은 선택이 아니라

바로 지금 무엇을 선택하느냐이다.

지난 일에 이유를 찾아 무엇하리.
때로는 적당히 잊어버리며 살아도 괜찮다.

신이 인간에게 준

최고의 선물은 망각이다.

_프랑스 극작가, 루이 세바스티앵 메르시에

나 혼자만 어려운 게
아니란 걸 기억하기

○

남들은 뭐든 다 쉽게 턱턱 해내는 것 같은데
막상 내가 해보면 잘 안되는 일이 왜 이렇게 많은지.
남들은 운도 잘 따라주는 것 같은데 나만 운이 없는 것 같다.
왜 남이 하는 건 항상 쉬워 보일까?

우리가 이런 착각을 하게 되는 이유는
많은 사람들이 자신의 성공 뒷면의 구구절절하고
지난한 사연은 굳이 드러내지 않기 때문이다.
모두가 자신이 겪은 어려움을 주변 사람들에게
낱낱이 이야기하고 다니지는 않는다.
우리가 기쁘고 행복할 때에만 사진을 찍듯이,
사람들은 자신의 성취에서 가장 빛나는
부분만을 골라서 말하곤 한다.
또 모든 성공은 노력에 더해

운도 따라줄 때 결과가 나오는 법이니,

남들 눈에는 노력과 고생은 쏙 빠진

운과 결과만 보이는 것이다.

특히 큰 성공을 이룬 위인들의 이야기는

미화되고 각색되는 경우가 많다.

그러니 성공한 몇몇의 이야기를

내 경험과 비교해서는 곤란하다.

만약 단 한 번의 실패도 없이 모든 것을 완벽하게

해내는 것처럼 보이는 사람이 있다면,

그는 그저 자기 포장을 잘하는 사람일지도 모른다.

그러니 남들은 쉽게 해내는 일을 나는 하지 못한다고

자책할 필요가 전혀 없다.

어려움을 겪고 있는 사람에게

자신의 고통이 혼자만의 문제가 아니라

다른 사람들도 겪는다는 사실만 알려줘도

마음의 안정을 찾는다.

이를 '보편화' 요법이라고 한다.[*]

반대로 우리가 어떤 상황을 혼자 겪고 있는 것 같을 때는
훨씬 더 힘들게 느껴진다.

그러니 누군가의 성공적 '결과'와 나의 '과정'을 비교하며
'나만 안된다'라는 생각은 하지 말자.
인생이 결코 나 혼자에게만 어려운 게
아니란 사실을 기억한다면
마음이 조금은 편안해질 것이다.

● 윤홍균, 『자존감 수업』, 심플라이프, 2016, 119쪽

나도
유튜브나 할'껄'.

나도
공무원 시험이나 볼'껄'.

세상에 쉽게 얻어지는 건 아무것도 없다.
누군가의 노력 앞에 '껄무새'가 되지 않을 것.

오늘은 딱 오늘 일만
생각하기

○

나는 왜 사는가?

문득 답이 안 나오는 이런 거창한 질문에 빠져

허우적댈 때가 있다.

이런저런 생각에 골몰하다 머리가 아파지면

'에라, 모르겠다. 먹고살기도 바쁜데

삶의 의미까지 굳이 찾아야 해?' 싶어진다.

어쩌면 다들 대단한 의미 없이

그냥 태어났으니까 사는 걸 수도 있을 텐데.

이런 실존적인 고민에 한번 빠지면

끝도 없이 깊어지기만 하다가 종국에는

'인생은 아무 의미가 없다'라는 식의 공허한 결론에

도달하기도 한다.

뭐든 머리로만 생각하려고 하면 어려운 법.

어린아이일 때, 걷는 법을 확실히 숙지한 후
걷기 시작한 사람은 아무도 없을 것이다.
아이는 걸어가며 걷는 법을 배운다.

이론만으로는 아무것도 배울 수 없고,
너무 많은 생각은 현재의 즐거움을 찾는 데 방해가 될 뿐.
그러니 가끔은 심오한 의미를 찾으려 하기보다는
삶에 자신을 그냥 밀어 넣어볼 필요도 있다.

밥 먹을 땐 밥 생각만 하고, 일할 때는 일 생각.
가족과 있을 때는 가족을 생각하고,
잘 때는 그냥 잠을 자고.
심플하게 사는 그런 삶도 괜찮지 않을까.

그럼에도 인생의 의미를 찾는 게
못 다한 과제처럼 느껴지는 날에는
한 중간 정도에서 합의를 보면 어떨까?
오늘 하루는 오늘의 의미만 생각하고,
그걸 점차 넓혀나가며 이번 주의 의미, 이번 달의 의미,
올해의 의미도 생각해 보는 거다.

삶의 의미라는 무거운 짐을
어깨에서 잠시 내려놓으면 인생이 대신해서
그것을 당신에게 가져다줄지 모른다.
당신은 그저 살아가면 된다.

오늘은 일단 오늘 일만 신경 씁시다!

4장

내 최애는
나여야
하니까

당신은 완벽하지 않아도
사랑과 호의를 받을 자격이 충분히 있다.
_샤우나 샤피로, 『마음챙김』 중

● 샤우나 샤피로, 박미경 옮김, 『마음챙김』, 안드로메디안, 2021, 121쪽

나만의 색과 향을
찾아가기

○

어릴 적 나는 흔히 얘기하는 '말 잘 듣는 어린이'였다.
아마 어른들로부터 나의 쓸모와 필요를 확인받아야
내 존재가 안전하다고 느꼈기 때문이었던 것 같다.
이런 성향은 성인이 되어도 여전히 남아
주변 사람들의 조언을 잘 받아들이는 어른이 되었는데
그 덕에 처음 접하는 분야에서
비교적 요령을 빠르게 습득하는 편이다.

남들 눈에는 이것도 좀 할 줄 알고, 저것도 좀 할 줄 아는
다능인으로 비치는 게 이런 성향의 장점이기는 하지만
한편으로 삼십 대 중반을 지나는 나이에도
여전히 나만의 뚜렷한 색깔이 없는 것 같다.
때때로 진짜 내가 누구인지 모르겠고,
평생을 나를 찾지 못해 방황할 것만 같은 불안을 느낀다.

그러다 문득 깨달았다.

내가 불안한 건 내가 바라는 모습보다

남들이 바라는 모습을 더 신경 쓰기 때문이 아닐까.

나답게 살기 위해 꼭 광고에 나오는 것처럼

어느 날 갑자기 직장을 때려치우고

세계 여행을 떠나 욜로족이

되어야만 하는 것은 아니다.

그럴듯해 보이는 답이 없더라도,

나다움을 찾아가는 여정 자체가 나다운 삶이다.

특출나지는 않아도 이것저것 적당히 할 줄 아는,

가끔 남들과 비교하며 작아지기도 하고,

결핍을 안고 살아가는

그 모든 모습이 나라는 것을 알았을 때

비로소 나답게 살 준비가 되었다.

어쩌면 뚜렷한 색깔이 없는 애매한 혼색이 내 색깔,

진하지 않은 은은함이 나만의 향기일지 모른다는

생각이 들었다.

무엇도 되려고 하지 않아야 내가 될 수 있다.
간절하고 치열하게 내가 되고 싶다.

☆
너 자신이 되어라.
다른 사람의 자리는 이미 누군가 차지하고 있으니.
_오스카 와일드

남이 바라는 내가 아닌 내가 바라는 나를 찾기.

타인과의 비교 때문에
무너지지 않기

○

어릴 적 생활기록부에는

점수 대신 '수우미양가(秀優美良可)'라는

한자어로 학업 성취도의 우열이 매겨져 있었다.

여태껏 한자어의 뜻은 잘 모르고 '수'는 좋은 것,

'가'는 나쁜 것으로만 알았는데 최근에 그 뜻을 알게 되고는

마치 뒤통수를 한 대 세게 얻어맞은 기분이었다.

秀 빼어날 수

優 우수할 우

美 아름다울 미

良 어질 양 / 양호할 양

可 옳을 가 / 가능할 가

각 글자를 놓고 보면 모두 좋은 의미인데

'양'이나 '가'는 암묵적인 낙제점으로 여겨졌다.
게다가 모든 과목에서 '수'를 받는 학생만을
진짜 우등생으로 대우해 주었다.
체육은 자신 있지만 수학에는 약한 학생도
외국어는 자신 없어도 음악을 좋아하는 학생도
각기 다른 분야에서 자기 몫을 해내는 훌륭한 어른이
될 수 있다는 것을 학교에서는 말해주지 않았다.
그렇게 우리는 각자의 개성이 지워진 채로
자연스럽게 친구와 나의 우열을 가르는 법을 배웠다.

자존감에 대해 이야기할 때 꼭 등장하는 말이
'남과 비교하지 말고 나를 사랑하라'는 것이다.
그러나 비교하는 마음은 인간의 타고난 본능이기에
비교를 완전히 안 하고 살 수는 없다.
사실 '비교' 그 자체는 누구도 해치지 않는다.
사과가 오렌지에 비해 더 붉고,
농구공이 탁구공보다 더 크다고 비교하는 것은
우열을 가르거나 가치 평가를 내리기 위한 게
아니듯이 말이다.
심지어 비교에는 긍정적인 면도 분명 있다.

우리는 사회적 비교를 통해 어제보다 더 나아가고
타인보다 더 나아지면서 함께 성장하기도 한다.

문제는 비교가 획일화로 이어질 때에 일어난다.
단일화된 기준에 통과하지 못하는 사람들을 소외시키거나
차별하기 위한 도구로 사용될 때 비교는 잔인해진다.
우리 모두를 샅샅이 분해해 평가하고,
외부로부터 오는 인정에 휘둘리도록 만든다.

가정에서, 학교에서, 일터에서,
매일 들여다보는 스마트폰 속 SNS에서.
이런 비교로 빚어진 평균값을 매일 마주해야 하는 현실에서
남과 비교하지 말고 있는 그대로의 자신을 사랑하라는
과제까지 덤으로 얹어준다.
사회 전체가 우리의 자존감을 난도질해 놓고서
'나를 사랑하기'는 개인에게 은근슬쩍 떠넘기는 것 같다.

비교하지 않고 살아가기는 어렵지만
비교로부터 자유로워지는 방법이 있기는 하다.
비교의 순수한 원래 기능에만 초점을 맞추는 것이다.

'사과는 오렌지에 비해 더 붉다',

'농구공이 탁구공보다 더 크다'처럼

단순한 사실을 측정하는 것에서 비교를 멈추고

사과가 오렌지보다 더 가치 있는지,

농구공이 탁구공보다 더 옳은지

섣부르게 판단하지 않는 연습을 하는 것이다.

비교는 건조하게, 사실 관계만 파악하기.

'좋다', '싫다' 같은 감정적 판단과 분리해서 생각하기.

이것만 기억한다면

타인과의 비교가 나를 갉아먹지 않고

오히려 성장을 위한 발판이 될 수 있을 것이다.

행복해지려면
다른 사람을
지나치게 신경 쓰지 마라.

_알베르 카뮈

가짜 자기 계발은
그만두기

○

'내가 게을러서 성공을 못 하는 거지.'

'내가 더 노력해야 해.'

'이게 다 내가 잘 못해서 이렇게 된 거야.'

아마 많은 사람들이 이런 마음의 소리를

들어본 적이 있을 것이다.

이렇게 나를 채찍질하는 내면의 감독관은

어디서부터 비롯되었을까?

오래전에는 지배 계급이 노예 계급에게

언어적, 신체적 폭력을 행사하며 그들의 노동력을 착취했다.

한편 표면적으로는 신분 제도가 없는 오늘날에는

노동자가 자기 스스로를 착취한다.

우리가 이렇게 스스로를 압박하며 성과를 내는 동안

눈에 보이지 않는 지배 계급은

사람들이 노동을 멈추지 않도록
끊임없이 메시지를 주입한다.

'당신은 원하는 일은 무엇이든 선택할 수 있어요.'
'꿈을 향해 노력하세요. 끊임없이 자기 계발을 하세요.'
'죽을 만큼 노력하세요.'

겉보기에는 우리에게 자발적으로 도전하고 성취할
자유가 있는 것처럼 보인다.
하지만 성취와 자기 계발에 중독된 사람들이
스스로를 더 많이 착취할수록
경제 체제가 손가락 하나 까딱하지 않고
노동력을 지배하도록 도울 뿐이다.

자기 계발의 가면을 쓴 자기 착취의 가장 무서운 점은
나를 힘들게 하는 착취자 역시 내 안에 있다는 것이다.
그래서 착취에서 벗어나기 위해서는
다시 자기 자신을 공격하고, 죄책감을 갖게 된다.
나를 존중해 주지 않는 내면의 착취자를 향해
'넌 왜 이렇게 자존감이 낮니',

'왜 자신을 사랑하고 존중하지 않니'라며 2차 가해를 하는
어이없는 상황이 벌어지고 만다.

많은 사람들이 자기 계발을 더 열심히 해야 한다는
불안감과 압박감 때문에 만성 스트레스 상태에 놓여 있다.
이게 다 어디로 가는지도 모른 채
무작정 달리기만 한 결과 생긴 혼돈이다.
남들이 정해놓은 방향을 따라가기만 하니
자기 계발의 진정한 의미는 흐릿해져 간다.
그렇게 방향 설정 없이 무조건 열심히만 산다면
끝에 남는 건 채워지지 않는
허무함과 번아웃뿐일지도 모른다.

그러니 앞만 보고 달리기보다는
한번씩 자신을 돌아보기를 바란다.
일이 나에게 왜 중요한지, 왜 열심히 하고 싶은지
이유를 생각해 보자.
우리의 노력이 자기 착취가 아닌
진정한 성장이 되기 위해서는
나만의 가치를 세워야 한다.

그리고 나면 알게 될 것이다.

지금의 노력이 내가 정말 원해서 하는 것인지.

학습된 자기 채찍질은 아닌지 말이다.

어디로 가는 건지는 알고 달리고 있나요?

소망과 현실 사이
균형 찾기

○

특유의 익살스러운 코믹 연기로 웃음을 주는

영화배우 짐 캐리는

사실 좀처럼 웃기 어려운 어린 시절을 보냈다.

짐 캐리의 아버지는 젊은 시절 오케스트라에서

색소폰 연주를 하셨는데

부양할 가족이 생기자 꿈을 포기하고

현실과 타협해 회계사 일을 시작했다.

그러다 짐 캐리가 14살 때쯤 아버지는 직장을 잃었고

그의 가족은 한동안 길에서 노숙 생활을 해야 했다.

돌아가신 아버지를 회상하며 짐 캐리는 말했다.

좋아하는 일에 도전하다 실패하는 것보다

가족을 위해 자신의 꿈을 포기해 가며

열정도 없는 일을 하다 실패했을 때가 훨씬 더 힘들다고.

좋아하지도 않는 일을 하면서 실패까지 한 아버지를 보며
짐 캐리는 자신만큼은 꿈을 위해 사활을 걸기로 했고,
결과는 성공적이었다.
하고 싶은 일과 해야 하는 일 양쪽 다
실패의 위험을 안고 가야 하는 게 인생이라면,
한 번쯤은 열정이 생기는 일에
치열하게 도전해 볼 가치가 충분히 있다.
하지만 좋아하는 일에 자신을 전부 쏟아붓는다고 해도
짐 캐리처럼 극적으로 성공하는 건
어디까지나 소수의 사례다.
어떤 사람은 가슴 뛰는 일을 찾았다고 생각했다가도
그게 일상이 되니 열정을 잃는 경우도 있고,
좋아하는 일을 잘하게 될 때까지 지속하기엔
현실적인 상황이 어려운 경우도 허다하다.

무작정 열정을 따르는 것이 위험한 이유는 또 있다.
사실 어떤 일이나 직업에 대한 열정은
처음부터 있는 게 아니라
어느 정도 성과가 보일 때 따라오기 때문이다.
꿈과 혁신의 아이콘으로 익히 알려진

스티브 잡스 역시 처음부터 대단한 열정으로
애플을 설립하게 된 것은 아니다.
첫 컴퓨터를 개발하기 이전에 잡스는 엔지니어인 친구
스티브 워즈니악의 부업을 도와 컴퓨터 부품 중 하나인
서킷 보드(전기 회로판)만을 판매하고 있었다.
그러다 한 컴퓨터 상점에 완전히 조립된 컴퓨터를
팔 수 있게 되면서부터 그는 돈을 벌기 위해
본격적인 사업을 시작하게 된다.
스티브 잡스조차 자신의 일이 어느 정도
성공 궤도에 들어섰을 때부터
애플 컴퓨터에 더 열정을 갖게 되었다는 것이다.
그도 처음에는 여느 개미와 마찬가지로
돈을 벌기 위해 일을 시작했을 뿐이다.*

물론 우리에게 꿈과 열정이 없다면
삶에서 어떤 변화도 만들어낼 수 없을 것이다.
그러나 사람에 대한 감정이 식듯이

● 윌리엄 맥어스킬, 전미영 옮김, 『냉정한 이타주의자』, 부키, 2017, 211-212쪽

일에 대한 열정 역시 언제든 식을 수 있다.
아무리 좋아하던 것도 일이 되면 힘들어지는 순간이 온다.

반대로 적성과 어느 정도의 성과는
지속적인 열정적 상태를 유지하게 도와준다.
단 여기서 '적성'이라는 말을 오해하면 안 되는데,
아무런 노력도 안 하는데 처음부터 잘하게 되고
재미있는 것을 말하는 게 아니다.
적성에 맞는 일이란
즉, 내가 자연스럽게 몰입하게 되는 일을 의미한다.
내가 무엇을 잘하는지, 무엇을 좋아하는지 모르겠다면
내가 어떤 일을 할 때 시간이 빨리 가는지 생각해 보자.
그 일이 일정한 자본을 생산할 수 있는 형태로 바뀌면
그게 바로 직업이 된다.

하고 싶은 일과 해야 하는 일, 그리고 할 수 있는 일 사이에서
우리는 매일 고민한다.
세상에 좋아하는 일과 잘하는 일이
정확히 일치하는 사람이 과연 몇이나 될까.
만약 지금 나의 소망과 현실 사이에 괴리가 있다면

그것을 인정하는 것부터 시작해 보자.

그리고 잘하는 일, 혹은 할 수 있는 일로

돈을 벌어 시간을 사고

그 시간을 다시 좋아하는 일에 도전하는 데에 쓰면 된다.

이것이 일과 꿈의 갈림길에서 행복에 좀 더 가까워지는

현실적이면서도 영리한 타협안이 아닐까.

물건이 아닌
행복과 추억을 사기

○

일전에 한 종교인이 방송에서 사가를 공개해
도를 넘게 재산을 축적한 일이 세간에 알려지며
논란이 불거졌다.
행복을 소유에서만 찾지 말 것, 베푸는 삶을 살 것을
강조해 왔던 그간의 가르침과 언행 불일치를 느낀 대중들은
그의 '풀(full) 소유'를 비난하며 실망감을 감추지 못했다.

굳이 그 사건(?)까지 떠올리지 않더라도,
이른바 '힐링'을 내세워 행복은 물질이나 돈에 있지 않다는
메시지를 설파하면서 정작 자신은 호화로운 집과 비싼 차를
구입하는 '행복 사업가'들을 심심치 않게 볼 수 있다.

그들이 말하는 것처럼 행복과 소유는 정말 상관이 없을까?
현실적으로 소비를 통해 행복할 기회가

더 많아지는 것은 부정할 수 없다.

그러나 돈이 많다고 반드시

행복해지지 않는 것 또한 사실이다.

그렇지 않고서야 부유한 사람들의 자살을

달리 설명할 수 없기 때문이다.

짚고 넘어가야 할 것은

'소유가 반드시 행복을 보장하지 않는다'라는

명제가 성립하려면

최소한의 생계 불안은 해결되어야 한다는 것이다.

어느 심리학자의 말을 빌리면

빈곤은 명백히 행복을 감소시킨다.

사실 돈이 많아지는 것은

행복의 증가보다는 고통의 감소와 관련이 있다.

그러니 행복과 소유의 상관관계에 대해 논하려면

일단 고통스러울 정도의 생계 불안에서

해방될 만큼의 돈은 있어야 한다.

김태형, 『가짜 행복 권하는 사회』, 갈매나무, 2021, 51쪽 우리는 이미 알고 있다.

돈이 인생의 전부는 아니라는 것을.

하지만 오늘날의 경제 양극화와 소득 불균형이

얼마나 많은 사람들의 삶의 질을

파괴하고 있는지 고려한다면

돈이 삶에 미치는 영향 자체를 부인하는 것은

다분히 기만적이다.

자, 그럼 우리가 열심히 일해서 최소한의 생계가

해결되는 소득 수준에는 이르렀다고 가정해 보자.

그 이후에는 얼마나 가졌느냐보다

어떻게 쓰느냐가 행복에 영향을 미친다.

연구에 의하면 단순히 물질을 소유하는 소비보다

친구와 맛있는 음식을 함께 먹는다거나,

가족과 여행을 가는 데 쓰이는 비용과 같이

경험 관련 소비를 할 때 더 행복해진다고 한다.[*]

눈에 보이는 소유물은 남이 가진 것과 비교하게 만들지만,

● 최인철, 『굿 라이프』, 21세기북스, 2018, 116쪽

무언가를 경험할 때 느끼는 감각이나 기분은
타인의 것과 비교하기 어렵기 때문이다.

같은 이치로 똑같은 물건을 사더라도
집 안에 고이 모셔두기만 하면 물질 소비로 남을 뿐이지만,
매일 사용하며 행복감을 느낀다면
경험 소비로서의 가치가 높아진다.
그래서 너무 귀하고 아까워서 집에 모셔두어야만
할 것 같은 물건은 잘 구매하지 않는 편이다.
물건은 사용해야지, 사람이 모셔야 할 대상이
되어서는 안 된다.

사실 소비와 소유는 그 자체로 부정적인 게 아니라,
소유물을 자신의 가치와 동일시할 때 문제가 된다.
지나친 소비주의에 빠지지만 않는다면
소비 행위 자체를 너무 무겁게 볼 필요는 없다.
우리는 소비를 통한 경험으로 자신의 취향을 알아갈 수 있고,
타인과 교류하고 다양한 경험을 하며
평생 간직할 추억을 남길 수도 있다.
가치 있는 소비를 할 수 있다면,

얼마든지 소비한 만큼의 충분한 행복감을 얻을 수 있다.

그러기 위해서는 무엇이 진짜 나의 욕망이고
무엇이 사회가 주입한 가짜 욕망인지 구별하는
나만의 기준이 필요하다.
내가 정말 원해서가 아닌, 오로지 남보다 더 갖기 위한
욕심 때문에 불행해지지 않기 위해서.

무소유도 풀 소유도 아닌
진짜 행복을 소유하기.

조금이라도
나아지고 있는 것을 찾아내기

○

취미로 요가를 시작한 지 6개월이 되었다.

유연성이 필요한 동작을 어려워하는 편이라 첫 달에는

펴야 할 곳을 구부리고, 구부려야 할 곳은 펴며 뚝딱거렸다.

눈물을 머금어가며 온몸을 접고, 늘리고,

조이고, 비틀기를 반복한 지 몇 달째.

'이게 사람의 몸으로 가능한 일인가?' 싶었던

동작들에 조금씩 가까워져 갔다.

느리지만, 포기하지 않으면 인간은 나아지는구나.

무언가를 배우거나 성장하기 위해서는

지지부진한 반복의 과정이 필수적이다.

문제는 사람이 안 하던 짓을 갑자기 하면

뇌가 그 변화를 위기로 인지한다는 것이다.

우리 뇌는 늘 하던 대로 습관을 유지하는 데 유리한

177

항상성의 법칙에 따라 움직이기 때문이다.[*]

수년 동안 반복해 온 안 좋은 습관을

오늘부터 당장 고치기가 어렵고,

반대로 새로 시작한 일은

작심삼일로 끝나기 쉬운 이유가 여기에 있다.

일상의 작은 변화를 뇌가 습관으로

인지하게 만들기 위해서는

적어도 3주 정도의 반복이 필요하다고 한다.

말이 쉽지, 하루도 안 빼놓고 3주간 꾸준히

무언가를 한다는 게 만만한 일은 아니다.

그래서 뭐든 단번에 변화하겠다는 생각은

일찌감치 버리는 것이 좋다.

예를 들어 평생 운동과는 담을 쌓고 산 사람에게

하루아침에 3주 연속으로 매일 운동을 하라고 하면

분명 포기하고 말 것이다.

● 이시형, 『세로토닌하라!』, 중앙북스, 2010, 96쪽

대신 운동한 날과 운동 안 한 날 사이에

'운동할 뻔한 날'을 끼워줘야 한다.

'운동하기로 마음먹은 날.'

'운동복으로 거의 갈아입을 뻔한 날'마저도 괜찮다고

스스로 인정해 주고 사기를 북돋아 주며

지속해 나가는 것이 더 효과적인 방법이다.

완벽하게 잘해내야 한다는 마음을

살짝만 내려놓는다면

포기하지 않고 앞으로 나아갈 수 있을 것이다.

'잘 하는 것'보다
'하는 것'이 더 중요하다.

작은 성취의
경험을 쌓아가기

○

나에게는 좀 독특한 샐리의 법칙(Sally's law,

계속해서 자신에게 유리한 일만 일어남을 뜻하는 용어.

'머피의 법칙Murphy's law'과 반대되는 개념)이 있다.

바로 잃어버린 물건을 반드시 찾는다는 것인데,

살면서 우산을 한 번도 잃어버린 적 없는 것은 물론이요,

공중 화장실에 놓고 온 휴대전화,

록 페스티벌 공연장 좌석 한가운데 놓고 온 지갑,

그리고 중요한 자료가 든 USB 같은 귀중품들도

잃어버리는 족족 금방 다시 찾았으니

이 정도면 잃어버린 물건을 찾는 데에

운의 90% 이상을 쓰고 있는 건 아닐까 싶기도 하다.

이런 경험을 여러 번 하자

최근에 식당에서 지갑을 잃어버렸을 때도

'뭐 금방 또 찾겠지' 하고 안심하게 되었다.

(역시나 지갑은 두고 온 곳에 그대로 있었다!)

살면서 겪는 몇 가지 일로 인생 전체를 일반화하는
오류를 범하지 말라는 잠언이 있기는 하지만
사실 우리는 이렇듯 경험이 주는 데이터로
확대 해석에 빠지기가 쉽다.
보고, 듣고, 느끼는 직접적인 감각을 통한 기억은
머리로만 생각할 때보다
훨씬 더 강하게 뇌리에 새겨지기 때문이다.

같은 이치로 우리가 그저 존재만으로도 사랑받아 마땅하다는
사실을 머릿속으로 수없이 되새긴다고 해도
실제로 긍정적 자기상을 만들어주는 경험은 전혀 없다면
자존감을 높이는 데는 한계가 있다.
그래서 나를 사랑한다고 백번 외치는 것보다,
좋은 경험 한두 번이 자존감이나 자신감을
높이는 데 훨씬 도움이 되기도 한다.
흔히 말하는 '소확행'의 비밀도 바로 여기에 있다.
아무리 작은 즐거움이라도 피부로 와닿는
실제적인 행복감이 반복적으로 쌓인다면

그 기억이 살아가는 데 큰 힘이 되어주며,

궁극적으로 더 상위 단계의 행복을 실현할 발판이 되어준다.

스스로에 대한 믿음이 흔들리는 날에는

약간의 성취가 필요하다.

아무리 소소한 성취라도 좋다.

방을 치우고, 밀린 일을 하는 사소한 것으로도

우리는 자신감을 얻을 수 있다.

그런 경험이 쌓여

오늘의 당신을 조금 더 사랑해 줄 수 있다면,

내일의 당신은 그 이상의 도전을 해낼 것이다.

조금 두려워해도
괜찮다고 말해주기

○

엄마는 요리를 잘하신다. 특히 한식 위주로.

어느 날에는 내가 간단한 야채구이를 만들어드렸는데

사실 요리라고 하기에도 민망한 조리 수준이었다.

브로콜리, 새송이버섯, 토마토 등을 잘라 넣고,

올리브오일과 허브 솔트를 적당히 뿌린 다음,

에어프라이어에서 180도에 5분, 굽기만 하면 되었다.

엄마는 야채구이를 몇 번 맛있게 드시더니,

출근 전인 나에게 오후에 먹게 조금만 더 만들어두고 가라고

왠지 수줍어하며 말씀하셨다.

따뜻할 때 바로 먹어야 더 맛있으니까 만드는 방법을

알려드리겠다고 해도 모양새가 양식 같아 보이는

낯선 음식이라 만들 자신이 없다고 하셨다.

내 기준으로는 대부분의 한식보다 난이도가 훨씬 낮은 것 같은데

수십 년간 더 복잡한 한식을 뚝딱 만들어온 엄마가
야채구이 따위에 겁을 내다니.
엄마가 살림과 관련해서 자신 없어 하는 모습을
처음 봤기에 더 생경한 일이었다.
어떤 일에 아무리 숙련된 사람이라도
새로운 도전을 한다는 게 얼마나 어려운 일인지 생각했다.
누구에게나 처음은 두렵구나.

우리는 모두 오늘을 처음 살아보고
올해를 처음 보내보며
이번 생은 처음이다.
나이가 80이 되어도 또다시 '새로운 오늘'을 살 것이다.
그러니 때로 실수할 수도 있다.
잘 못할 수도 있고, 두려워할 수 있다.
그래도 된다.

☆
당신이 가장 두려워하는 것을 찾아라.
그 순간 진정한 성장이 시작된다.
_칼 구스타브 융

인생 처음 살아보니까

어설플 수 있어, 괜찮아.

중립적으로
말하는 연습하기

○

어릴 적부터 내 성격이 예민하다고 생각했기에
자기소개를 할 때면 왠지 자신감이 떨어지곤 했다.
'예민하다'라는 단어가 주는
어딘가 부정적인 뉘앙스 때문이었다.
상담을 받으면서 '예민함'을 '민감함'이라는 중립적 단어로
대체해 표현할 수 있다는 것을 알게 되었는데,
그 뒤로 제한적인 언어로 스스로에게 씌웠던
스테레오 타입을 벗어던질 수 있었다.

사람의 뇌는 일정한 양 이상의 정보를
동시에 처리할 수 없어서
고정 관념에 의지하는 방식을 더 선호한다.
그래서 조심하고 의식하지 않으면 우리는
일상 언어에서 너무 쉽게 선입견과 편견에 갇히게 된다.

이렇게 만들어지는 선입견이
전부 사실이 아니라는 것을 알면서도
그런 말에 쉽게 영향을 받고,
타인이 나에게 갖는 편견대로 움직이게 되기도 한다.
말이 우리에게 주는 영향은 그만큼 강력하다.

그런데 나는 말을 하는 화자인 동시에 내가 하는 말을
24시간 동안 전부 듣고 있는 청자이기도 하다.
만약 누군가가 무례한 말을 일상적으로 뱉는다면
당신은 그와 거리를 두고 싶을 것이다.
그런데 내가 나 자신에게 그런 사람이라면?
그럼 거리를 둘 수도 없다.
우리가 타인에게 말을 하기 전에
그 말이 어떻게 들릴지 먼저 생각하듯이,
나만 들을 수 있는 혼잣말을 할 때에도
마찬가지로 자신에 대한 배려가 필요하다.

익숙해진 언어 습관을 바꾸는 게 쉬운 일은 아니겠지만
말을 뱉기 전에 호흡을 한번 고르고
잠시 생각할 틈을 갖는 연습을 하는 것이 도움이 된다.

또 현실에 비관적 판단을 얹어서 말하는 방식은
피하는 것이 좋다.
가령, '오늘 일진이 최악이다',
'그 일은 정말 끔찍해' 같은 표현보다는
'오늘 있었던 일이 힘들었어'처럼 상황을 객관적으로 보는
중립적인 화법을 연습해 보자.

언어는 생각을, 생각은 내 삶을 대하는 태도를 바꾼다.
나에게 긍정적이고 중립적인 말을 자주 해줄수록
삶을 대하는 태도도 긍정적으로 바뀌고,
긍정적 감정도 더 자주 느끼게 될 것이다.

우리의 말은

자신에게 하는 예언이다.

_『긍정의 힘』 저자, 조엘 오스틴

안 되는 일도 있다는 걸
담담히 받아들이기

○

호주 사막 지대에 사는 더나트(Dunnart, 쥐와 생김새 및
크기가 비슷한 유대류 동물)는 추운 겨울밤이 되면
조금 특별한 생존 전략을 취한다.
잠을 자면서 칼로리를 소비하지 않기 위해
체온을 20도로 떨어뜨리고 대사율을 낮춰
일종의 동면 상태에 들어가는 것이다.
그렇게 더나트는 아무것도 하지 않는 것보다 더 격렬하게
아무것도 하지 않음으로써 다음 날 쓸 에너지를 아껴둔다.
만약 더나트가 추운 겨울에 굴하지 않겠다는 의지로
오히려 몸에 열을 내 칼로리를 빠르게 소모해 버린다면
어떻게 될까.

● 랜돌프 M. 네스, 안진이 옮김, 『이기적 감정』, 더퀘스트, 2020, 202쪽

우리는 역경에 지지 않으려는 도전적인 태도로
어려운 상황을 헤쳐나가는 위인들의 미담을 자주 접한다.
대부분의 상황에서는 낙관을 잃지 않고 끝까지 도전할 때,
확률적으로 성공할 가능성이 높아진다.
그러나 살다 보면 무리한 낙관주의가 실수가 되기도 한다.
현실적으로 도저히 불가능해 보이는 상황을 맞닥뜨렸을 때
상황을 냉철하게 바라보고
현실을 비관 없이 받아들이는 것도 어찌 보면 능력이다.

이런 태도가 나약한 자기 합리화에 불과하다고
말하는 사람도 있다.
물론 많은 경우 고난은 사람을 성장시키지만,
때로 그 고난이 남긴 상처와 열등감을 내면화해
오히려 무너져 버리기도 한다.
포기를 지나치게 죄악시하는 사회 분위기 때문에
포기해야 할 적절한 시점을 놓치고,
탈진할 때까지 매달리다가 종국에는
아예 삶마저 포기해 버리는 안타까운 사례도 있다.
어쩌면 경제 개발 시대부터 이어져 온
'하면 된다'라는 식의 과도한 비현실적 긍정이

많은 사람들을 지치게 만든 건 아닐까.

세상에는 도저히 안 되는 일도 있기 마련이니까.

노력해도 안 되는 일이 있다는 사실을 담담히 받아들이고

꿋꿋이 내일을 살아가는 데에도

끝없는 도전만큼이나 용기가 필요하다.

언제 끝내야 할지 아는 사람에게는

늘 또 다른 문이 열리는 게 인생이라 믿는다.

오르지 못한 나무 밑에서
인생을 허비하지 말자.
세상은 넓고 나무는 많으니까.

5장

당신은
그저
행복하면 된다

자기 자신의 친구가 되어라.
그러면 다른 이들 또한 그러할 것이다.
_영국의 성직자이자 작가, 토마스 플러

힘들 때 혼자서
버티려고 하지 않기

○

몇 년 전 우울증으로 한참 힘든 시기를 보낼 때였다.

무교였던 나는 문득 종교를 가진 사람들 특유의

평온함이 좋아 보였다.

나도 종교인이 되어보기로 결심했다.

그 길로 기독교, 천주교, 불교를 차례로 몇 달씩 전전했는데

교회에서는 방언 기도에 적응을 하지 못했고,

성당에서는 무릎이 아팠으며

(미사 때 앉았다 일어났다를 반복하는 절차가 있다),

절에서는 염불 기도의 높은 암기 난이도에 단념하고 말았다.

게다가 성인기까지 '나신교'를 오래 믿어와서인지

이제 와 새로운 신앙을 받아들인다는 게 쉽지는 않았다.

모태 신앙을 가진 사람들이 부럽다는 생각도 약간 들었다.

다사다난했던 신앙 찾기 여정(?)을 마치고

다시 무교인으로 돌아온 나는 결국 종교 시설 대신
가까운 상담소를 찾아가 마음의 위안을 얻기로 했다.
생각해 보니 여러 종교를 전전하는 동안
어쩌면 나는 잘못된 곳에서 답을 찾으려 했던 것 같다.
오로지 '종교의 유무'나 '어떤 종교를 갖느냐'에만
방점을 두고 있었던 것이다.

돌아보면 스스로 삶을 더 나아지게 만들고자
지푸라기라도 잡는 심정으로 이곳저곳의 문을 두드리고
먼저 손을 내밀었던 그 모든 과정,
즉 시도와 경험 자체가
나에게 우울에서 벗어날 힘을 준 것이었다.
이 경험들로 인해 나는 스스로를 위해
도움을 구할 줄 아는 사람이 되었다.
힘들 때 혼자 버티지 않아도 된다는 걸 알게 되자
용기가 생겼다.

살아가며 마주하는 모든 고난을
너무 혼자서만 해결하려고 하지 말자.
우리가 타인의 도움을 기꺼이 받아들이기만 한다면,

당신이 종교인이든 비종교인이든 상관없이
세상은 당신의 편에 서줄 것이다.

누구보다 나 자신을 먼저 믿어주기.

가끔은 조금 힘 빼고
그저 웃어넘기기

○

친구의 추천으로 '한사랑 산악회'라는 유튜브 영상을 보았다.
등산객 아저씨들을 희화화해 표현한 코미디 콘텐츠였다.
재미있는 댓글이 많아 댓글 창을 함께 보며
키득거리던 중 한 댓글이 눈에 들어왔다.
영상에서 '이택조'라는 50대 남성 캐릭터의 연기자가
약숫물로 세수를 하는 모습이 나왔는데,
그게 마치 돌아가신 아버지의 제스처와
너무 똑같아서 눈물이 났다는 글이었다.
코미디언들이 웃자고 만든 콘텐츠인데 보는 시청자들은
각자 자신이 아는 중년 남성을 대입해
울고, 웃고, 공감하고 있었다.

나는 이택조 캐릭터가 사람들 앞에서
실없는 농담을 하는 모습이 유독 마음에 걸렸다.

우리 아빠 같았기 때문이다.

그의 농담의 키포인트는

본인이 말을 하고 본인이 먼저 웃는다는 것이다.

그 역시 우리 아빠와 닮았다.

이택조는 산악회 멤버들 중에서

가장 경제적 사정이 어려운 것으로 연출된다.

소위 '미국 물' 좀 먹은 친구 '배 사장'과

확연히 비교되는 캐릭터이다.

이택조는 가진 것도 아는 것도 별로 없다.

그래서 친구들과의 대화에서 실없는 농담을

던지며 분위기를 띄워보려 애쓴다.

나는 아빠가 왜 그렇게 늘 농담을 던지는지 알 수 없었다.

그런데 그 영상들을 보면서

실없는 농담에 기대어 흘려보내야만 했던 삶의 무게를

조금은 이해할 것도 같았다.

나도 나이가 들면서 때로는 우스운 농담을 하며

심각한 문제를 웃어넘기고 싶은 순간들이 생겨났다.

일을 하며 맞닥뜨리는 거대 권력에 저항할 도리가 없을 때,

가부장적 문화의 일부를 받아들여야만 할 때.

치기 어리던 20대에는 부조리한 체제에 말없이 순응하는
사람들을 마음속으로 거북해하곤 했다.
하지만 30대가 된 지금은 그들을 점점 이해하게 된다.
가끔은 나도 세파에 지쳐
지름길로 편하게 가고 싶은 날이 있기 때문이다.

심리학 용어 중에 '귀여운 공격성(Cute Aggression)'이라는
말이 있다.
연구에 따르면 사람이 긍정적 감정을 강하게 느낄 때
뇌가 너무 강렬한 긍정적 감정에 쏠리지 않고,
심리적 균형을 맞출 수 있도록 인위적으로
부정적 감정을 일으키게 하는 방어기제라고 한다.
그래서 귀여운 동물이나 아기를 볼 때
깨물고 꼬집고 싶어지는 공격적인 마음이 드는 것이라고.
긍정적 감정도 지나치면 균형을 잃는 게
우리 마음의 작동 원리인데,
하물며 부정적 감정은 어떻겠는가.
삶이 너무 고단할 때는 억지로라도 웃어서
마음의 균형을 이루어야 하는 것이다.

과거 유대인 강제 수용소의 수용자들은

잠시나마 웃으면서 오늘의 고통을 잊기 위해

공사장 구석에서 작은 공연을 펼치기도 했단다.

노래를 하거나 풍자를 하기도 했고,

마당극 같은 형식의 공연도 펼쳐졌다.

심리학자이자 홀로코스트 생존자인 빅터 프랭클은

'유머는 자기 보존을 위한 투쟁에 필요한 무기'라고 말한다.

미국의 건국 시기에도 비슷한 모습이 있었다.

그 당시 노예들은 극심한 고통을 이기기 위해

밤이 되면 모여서 노래를 부르고, 춤을 추고,

우스운 이야기를 주고받으며 함께 웃었다.

그래서였을까. 그런 문화가 없던 백인들은

그 당시 노예들보다

자살률이 더 높았다는 연구 결과도 있다.

이렇듯 웃을 줄 아는 사람은

어떠한 고통 속에서도 그것을 딛고 일어설 수 있다.

● 이시형, 박상미, 『내 삶의 의미는 무엇인가』, 특별한서재, 2020, 163쪽

삶에서 마주하는 많은 고통들은 그것에
저항하기보다 수용할 때 더 가벼워진다.
명상과 자비 수행 전문가인 샤우나 샤피로 교수는
『마음챙김』에서 수용에 대해 이렇게 말하기도 했다.

*수용은 수동적 체념이 아니다.
인정이나 무관심이나 패배도 아니다.
수용은, 현재 벌어지는 일을 그냥 받아들인다는 뜻이다.
그 일이 좋거나 아무래도 상관없거나 다 포기해서가 아니라
이미 벌어지고 있기 때문이다.
(중략)
현실을 있는 그대로 받아들임으로써
우리는 다시 상황을 주도할 수 있다.

현실이 너무 힘이 들 때면 가끔은 조금 힘 빼고,
그저 웃어넘기는 기술도 필요하다.

●   샤우나 샤피로, 박미경 옮김, 『마음챙김』, 안드로메디안, 2021, 149~151쪽

나는 일이 힘든 날마다
'한사랑 산악회' 영상 속 아저씨들을 보며 많이 웃었고,
이제는 아빠의 실없는 농담을
그냥 지나치지 않고 같이 웃고 싶어졌다.
때로는 상대방의 웃는 얼굴을
바라보는 것만으로도 웃을 수 있게 된다.

우리, 지친 하루를 보낸 서로를 위해 웃음을 나누자.

수용은 체념이 아니다.
수용은 가능성의 문을 여는 것이다.

_프랭크 오스타세스키

이따금 나에게
좋은 경험을 선물하기

○

억만장자 사업가 빌 게이츠는 저녁 식사 자리에서

아이들에게 절대 스마트폰을 허락하지 않는다고 한다.

물론 누구나 그게 바람직하다는 건 알고 있다.

하지만 일과 돌봄 노동을 병행하는 일반적인 가정에서

아이들의 스마트폰 사용을 완전한 제어하기란

환상에 가깝다.

자연히 대부분의 아이들은 비판 의식이 부족한 연령부터

무분별하게 디지털 콘텐츠를 접하게 될 수밖에 없다.

점점 더 자극적이고 소모적인 콘텐츠에

시간을 보내는 부류와

디지털화된 정보를 극도로 활용해

교육적, 경제적 이득을 취하는 부류.

요즘 아이들은 현실에서뿐 아니라

디지털 세계에서조차 문화적 양극화를 겪으며 자라난다.

MZ세대 부모의 육아 수단으로써

디지털 기기가 필요악이 되었다면

그 이전 세대에게는 '사랑의 매'가 있었다.

맞기 싫어서, 공포와 강제성에 의해

십수 년을 암기해 온 것들이

성인이 된 지금은 대부분 기억도 안 나고

적재적소에 사용하며 살고 있는 것 같지도 않은데.

왜 그렇게까지 어린 시절을 전부 반납했어야 했을까.

만약 무언가를 처음 배우기 시작할 때 공포나 불안이 아닌

호기심, 성취, 자아효능감 같은 것들이

기반이 되는 환경이 주어졌다면 어땠을까.

세상과 삶을 대하는 가치관, 자신을 바라보는 시각도

완전히 다른 사람이 되어 있지 않을까.

이처럼 부모가 물려줄 수 있는 유산은

경제적인 것뿐만이 아니라

눈에 보이지 않는 환경이나 습관과 같은

'문화 자본'도 포함한다.

알다시피 부모나 성장 환경을 선택할 수는 없지만

다행히도 우리는 스스로 경제 활동을 하게 되는 시점부터
더 나은 문화적 경험을 선택할 수 있다.

이따금 나에게 좋은 공연을 보여주고
새로운 요리를 대접하고
시집 한 권을 선물해 주자.
그건 단순한 소비 이상의
더 나은 나의 미래를 위한 좋은 투자가 될 테니까.

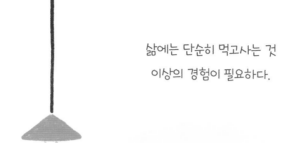

삶에는 단순히 먹고사는 것
이상의 경험이 필요하다.

내 취미에 가격을
매기지 않기

○

요리 솜씨가 좋은 친구가 근사한 식사를 대접해 줄 때,
손재주 좋은 친구가 직접 만든 멋들어진 소품을 보여줄 때,
많은 사람들이 이렇게 칭찬을 한다.
'우와! 이거 팔아도 되겠는데? 너 장사해도 되겠다.'
칭찬이라고 하는 말이겠지만 사실 이런 말 뒤에는
비생산적인 활동을 참지 못하는 사람들의 심리가 숨어 있다.
내가 직접 만든 것을 '팔 수 있다'라는 말이 칭찬이 되는 이유.
그건 취미가 어떤 경제적인 수단으로 전환될 때
지금보다 더 의미 있다고 생각하기 때문일 것이다.

만약 취미로 만든 음식과 소품을 실제로 팔게 된다고 치자.
그 순간 취미는 더 이상 여가 활동이 아닌 부업이 된다.
잠재적인 밥벌이 수단으로 변질되어 버리는 것이다.
이렇게 취미를 돈을 버는 수단으로

생각하는 사람들이 있는 한편

타인에게 인정받기 위한 도구로 여기는 사람들도 있다.

스스로를 인정하지 못하는 사람일수록

남의 인정에 늘 목마르기 때문에

취미 활동을 하는 멋진 자신의 모습을

SNS에 필사적으로 전시한다.

이렇게 자기 충전의 시간을 수단화하기 시작하면

자율적이던 활동에 의무감이 생겨

오히려 취미 활동을 하다가 더 스트레스를 받게 될 수도 있다.

우리가 매일을 버틸 수 있게 해주는 건

약간의 쓸모없는 시간이다.

오로지 재미를 위해 비생산적인 일을 가끔씩 해주어야

인생이 살맛 나는 법이다.

그러니 내 삶의 가성비를 너무 따지지 말자.

물건을 살 때야 가성비를 꼼꼼히 따지는 것이 좋겠지만

경험적 가치에 가격을 매기기 시작하면

삶에서 순수하게 즐길 수 있는 것들이

점점 사라져 버리고 만다.

이왕이면 생산적인 취미 생활을 하고,

쓸모없는 일을 하는 데 조금의 시간도 들이지 않는 사람은

삶 전체를 노동으로 채우고 있는 것이나 마찬가지이다.

조금 거칠게 말하면,

스스로를 자발적 노예 상태로 만드는 것이라 해도

과언이 아니다.

나를 진정으로 사랑한다는 건 거창한 게 아니다.

그건 바로 아무 목적 없이

하고 싶은 것을 할 시간을 나에게 선물하는 일이다.

제 취미는 상품이 아닙니다.

그저 사소한 친절과
웃음을 나누기

○

몇 해 전 남프랑스의 생폴 드 방스라는

마을을 여행했을 때의 일이다.

유명 관광지답게 여러 나라에서 온 관광객들이 많았는데

그곳에서 참 재밌는 친절을 경험했다.

혼자서 마을을 돌아보다가 길목에 위치한

공공 화장실에 들어갔는데 모든 칸마다 50센트짜리 동전을

넣어야만 칸막이 문이 열리는 방식이었다.

미리 동전을 챙기지 못해 지폐밖에 없었던 나는

점점 초조해졌다.

동전이 없을 걸 알면서도 당황해서

애꿎은 가방만 열심히 뒤적거리고 있던 그때,

먼저 화장실을 쓰고 나온 듯한 외국인 아주머니가

내 쪽으로 환하게 미소를 지으며 열린 문을 잡고 계셨다.

"땡큐"라고 인사한 것 외에 다른 얘기를 주고받지는 못했지만

우리는 서로의 마음을 알 수 있었다.

그리고 나도 화장실을 나오면서 아주머니가 하신 것처럼

문을 잡고 다음 사람에게 웃어주었다.

인종도 국가도 다른 낯선 이들이 위급 상황(?)에서

서로에게 조건 없는 릴레이 친절을 베풀었고,

모두 무사히 화장실을 사용할 수 있었다.

그날 그 화장실 문 말고도 여행지 곳곳에서

뒷사람을 배려해 문을 잡고 기다려 주는

많은 사람들을 마주쳤다.

한 명 두 명이 친절하게 행동하면

그것이 전염되어 문화가 된다는 것을 알았다.

여행 후 한국에 돌아와서도

내가 받았던 친절이 이곳에서 다시 이어졌으면 싶었다.

그래서 실제로 길을 다닐 때

뒤따라오는 사람을 위해 문을 잡아주기 시작했다.

상대방이 고맙다고 웃어주면 나도 덩달아 웃음이 나오고

그날 하루는 기분이 더 좋아진다.

이렇게 한 번 웃는 것이 초콜릿 바를 2,000개쯤 먹어야

얻을 수 있는 수준의 행복감을 준다고 하니

이 얼마나 귀한 일인지!

『행복은 전염된다』의 저자 제임스 파울러 교수는
만약 한 사람이 행복한 경우
그의 친구가 행복해질 가능성이 15% 커지고,
그의 친구의 친구가 행복할 가능성도 10% 더 커지며,
그의 친구의 친구의 친구가 행복할 가능성은
5% 더 커진다고 말한다.
행복과 친절은 전염된다.
그러니 오늘 타인에게 작은 친절을 베푸는 것은
미래의 내가 더 행복해질 가능성을
저축하는 일이나 마찬가지다.

사회심리학자 에리히 프롬은 이렇게 말했다.
자기 자신을 사랑할 줄 아는 사람은
나와 같은 인간인 타인 역시 사랑할 수 있고,
나아가 인류를 사랑할 수 있다고.
달리 말하면 타인을 사랑할 수 없다면
자기 자신도 사랑할 수 없다는 뜻이다.

사람들은 타인에게 많은 것을 바라지 않는다.

때로는 그저 사소한 친절과 웃음을

건네는 것만으로도 서로를 구할 수 있다.

☆

*행복한 사람은 타인에게 모질게 굴지 못한다.

그것은 그에게 능력 밖의 일이기 때문이다.

불행한 사람은 타인을 친절하게 대하지 못한다.

그것은 그에게 능력 밖의 일이기 때문이다.

_『가짜 행복 권하는 사회』, 김태형

● 김태형, 『가짜 행복 권하는 사회』, 갈매나무, 2021, 192쪽

남에게 따뜻할 수 있는 사람만이

자신에게도 따뜻할 수 있다.

받아들여야 할 충고와
무시해야 할 비난을 구분하기

○

좋은 기분을 만드는 데는 열 마디의 칭찬이 필요하지만,

지나가듯 던진 한 마디의 비난으로도

무너질 수 있는 게 사람 마음인 것 같다.

그것을 잘 알면서도 비겁하게

사이버 불링(Cyber Bullying. 특정인을 사이버상에서

집단적으로 따돌리거나 집요하게 괴롭히는 행위)을 하며

타인에게 상처를 주는 사람들이 있다.

이들이 활개를 치는 데에는 노력만으로는 더 이상

부와 성공의 기회를 얻기 어려워진 시대적 배경이 한몫한다.

지금의 젊은 세대에게는 불안감을 동력으로

발전하고 변화하려 하기보다는 굴절된 분노를

약자와 소수자에게 돌리려는 경향이 짙어지고 있다.

긍정적인 방식으로는 자기의 존재감을 드러내지 못할 때,

가장 손쉽게 존재를 확인하는 방법이
바로 폭력이라고 잘못 생각하기 때문이다.

그들에게는 타인의 인정과 무조건적 사랑이라는
마음의 산소가 부족하다.
그래서 자기 존재가 사라지는 것이 너무 두려운 나머지
자신이 타인에게 어떤 상처를 주고 있는지,
어떤 범죄를 저지르고 있는지는 깨닫지 못한다.

스스로에게 확신이 있는 사람은
남을 깎아내리며 자기 존재를 확인하지 않는다.
반면 자존감이 낮은 사람일수록
자신의 우월감을 확인하기 위해
보다 약한 위치에 있는 사람을 공격하는 모습을 보인다.
자신의 삶이 정체되어 있고,
통제력을 잃었다고 느낄수록
그 공격성이 더 강해져 밖으로 향한다.

자신의 좌절감을 남 탓으로 돌리지 않으려면
내 삶의 주도권을 되찾아 와야 한다.

언제나 나만의 답을 기준으로 삼고,

받아들여야 할 충고와

무시해야 할 비난을 구분하는 사람이 되자.

그리고 조금 더 여유를 내어

도움이 필요한 자에게 손을 내밀어 같이 간다면

내일은 좀 더 나은 세상에 가까워질 것이다.

남의 답이 아닌
나만의 답을 찾을 것.

서로에게 마음의 틈을
내어주기

○

어릴 때 마트에 가면

처음 보는 이의 장바구니 속 야채를 주제로

스스럼없이 대화하는 어른들이 참 신기해 보였다.

어른이 된 나는 낯선 이와의 대화는커녕

제품 홍보를 하는 직원들의 권유가 불편해

이어폰으로 귀를 딱 막고 시선마저 피하려 애쓰곤 한다.

그러다 마트에서 외국산 콩 두부를 집어 든 어느 날,

내 두부를 빛과 같은 속도로 스캔한 후 국산 콩 두부로 바꿔

장바구니에 척 넣어주시는 직원 아주머니를 계기로

그곳에서 마주치는 낯선 호의에 조금씩

마음을 열기 시작했다.

혹시라도 홍보에 말려 호구가 될까 지레 겁먹었던 마음에

살짝 틈을 여니 곳곳에서 좋은 오지랖을 만나는 날이 늘었다.

우리의 자아가 약해졌을 때, 즉 자존감이 낮을 때는
일상에서 마주하는 타인을 더 불신하고 경계하게 된다.
관계에서 혹여 갈등이나 공격을 맞닥뜨렸을 때
스스로를 지킬 자신이 없기에
애초에 높게 벽을 치고 날을 세우게 된다.
이렇게 낮아진 자존감을 회복하기 위해
으레 '자신을 사랑하라'고들 말한다.
그런데 과연 자신을 사랑하는 것만으로 충분할까?
만약 자신만을 사랑하느라 타인을 보지 못한다면
진정으로 행복해질 수 있을까?

행복에 관한 수많은 연구들의 공통적 결론은
행복의 가장 중요한 조건이 관계와 공동체라는 것이다.
'인간의 행복한 삶이란 무엇일까'에 대해
조지 베일런트 교수를 필두로 72년간에 걸쳐
추적 연구한 하버드대학교 연구팀은
삶에서 가장 중요한 것은 인간관계이고

행복은 결국 사랑이라고 결론 내렸으며,[*]

심리학자 워너는 관계의 힘이 회복탄력성에도

영향을 미친다고 했다.[**]

그런데 현대에는 과도한 노동 시간으로 인한 피로가

친밀한 관계에까지 영향을 미치고 있으니

그마저도 어려워질 때가 있다.

온종일 직장에서 시달리고, 취업 준비, 학업에 지쳐

집에 돌아오면 줄곧 방전 상태다.

가장 소중한 관계에 쓸 에너지가

바깥에서 다 고갈되어 버린다.

이렇게 빚어지는 친밀한 개인 간의 갈등은

날카로운 화살이 되어 다시 사회 전체에 영향을 미치고,

서로를 불신하는 사람들이 늘어나게 된다.

이런 악순환의 고리를 끊을 수 있는 방법은

●   조지 베일런트, 이덕남 옮김, 『행복의 조건』, 프런티어, 2010, 9쪽, 18쪽, 53쪽
●●   김태형, 『가짜 행복 권하는 사회』, 갈매나무, 2021, 179쪽

결국 타인과의 연대다.

우리 주위에는 이러한 연대가 주는

행복의 의미를 이미 알고 있는 사람들이 있다.

국가적인 재난이 생겼을 때

생판 모르는 남을 돕겠다고 발 벗고 나서는 사람들.

과거 태안 기름 유출 사고 현장에서,

강원도 대형 산불이나 폭우로 피해를 입은

이재민을 돕기 위한 손길에서,

우리는 기적 같은 연대의 힘을 만난다.

사람을 무엇보다 아프게 하는 것도,

그것을 보듬어주는 것도

결국은 사람이 아닐까.

사람에게 상처 입은 마음을 닫아만 둘 수도,

누군가의 선의에 마음을 열고

진실하고 애정 어린 온기를 나눌 수도 있다.

어느 쪽을 택할지 선택은 당신에게 달려 있다.

다시 마트 얘기로 돌아오면,

요즘의 나는 종종 처음 보는 아주머니에게 먼저 말을 걸어

어느 과일이 더 싱싱한지, 가격은 적당한 건지
묻기도 하는 어른이 되어간다.
이 얘기를 엄마에게 해드리니, 엄마도 길에서 마주치는
내 또래 젊은이가 도움이 필요해 보일 때
내 딸 생각이 나서 도와준다고 말했다.
그 얘기를 듣고 나니 길에서 만나는
중년의 낯선 이들에게 좀 더 마음을 열게 되었다.
그리고 장에서 마주치는 낯선 이들을
'마트 엄마'라고 나 혼자 이름 지어보았다.

요즘 나는 혼자 장을 보러 갈 때도 수많은 엄마들을 만난다.
우리 각자의 마음의 장바구니에
헐렁한 틈을 조금씩 내보이자.
그렇게 서로의 '마트 엄마'가 되어주자.

가장 큰 행복은 우리가 누군가를 사랑하고
우리 자신이 누군가로부터 사랑받고 있다는
믿음에서 생겨난다.

_빅토르 위고

아무리 가까운 사이라도
지킬 건 지키기

○

명절에 잔소리하는 먼 친척.

직장에서 사생활을 캐묻는 상사.

연예인 배우자의 나이, 직업, 연봉, 집안 배경, 과거까지

샅샅이 적힌 연예 기사.

나는 이런 것들이 대표적인 한국식 오지랖이라고 생각한다.

그에 비해 영화나 드라마에서 가장 많이 본

미국식 오지랖은 이런 장면이었다.

술에 취한 채 아이와 함께 있거나, 폭력적인 행동을 하는

부모를 맞닥뜨렸을 때 아동보호국에 신고하겠다며

스스럼없이 타인의 가정에 개입하는 사람들.

개인의 사생활은 너무나 자연스럽게 침범하지만,

남의 집 가정사만큼은 참견하는 것 아니라고 함구해 버리는
사회 분위기에 익숙한 나에게 그런 장면은 낯설면서도
한편으로 많은 생각을 하게 했다.
만약 한국에서 비슷한 상황이 벌어진다면
'남의 집안일'이라는 이유로 지나치는 사람들이
꽤 많지 않을까.
오지랖이 정말 절실히 필요한 곳에서
우리 사회는 입을 다문다.

한국은 서구 사회에 비해 가정 폭력 범죄,
특히 친족 살인이 유달리 많은 나라 중 하나라고 한다.
그런 현실의 특이점을 한마디로 보여주는 게
뉴스에서 심심치 않게 보이는 '동반 자살'이라는
괴이한 단어다.
친족 살인에 '동반'이라는 단어를 붙이는 이유는
가족을 운명 공동체를 넘어 사실상 생명 공동체로까지
여기는 문화가 존재하기 때문이다.
한마디로 가족 구성원 간 관계가 지나치게 얽혀 있다.

우리 주위에는 가족이라는 이름으로 희생을 강요하고

서로를 불행으로 몰고 가는, 속은 병들었지만
겉으로만 화목해 보이는 '쇼윈도 가족'들이 있다.
아직 어린 자녀에게 '친구 같은 딸'이라고 칭찬하며
부부 관계 같은 어른의 문제를 한풀이하듯 내뱉는다든지,
'아버지가 안 계실 때는 아들인 네가 가장이다' 같은 말로
과도한 부담감을 가하기도 한다.
언뜻 들으면 자녀를 친밀하게 대하고 신뢰하는 관계 같지만
사실은 폭력적이고 무책임한 태도이다.
가족은 서로에 대한 의무와 책임을 공유하는 관계이지만
혹여 과도하게 의존하고 있지는 않은지
생각해 볼 필요가 있다.

가족도 기본적으로는 타인이다.
자신이 풀어야 할 감정적 과제를
부모나 자식이 대신 해결해 줄 수는 없다.
자신의 감정을 스스로 다룰 수 있을 때,
유대와 책임이 긍정적으로 기능하는
건강한 가족을 이룰 수 있다.
"가족인데 이것도 이해 못 해?"라고 할 게 아니라,
가족이기에 더 배려해야 함을 기억하자.

희생과 강요가 아닌 경계의 존중이
건강한 관계를 만든다.

가장 친절하게 대해야 하는 사람은
가족이라고 생각한다. 아이, 아내에게는
그 누구보다도, 대통령보다도 더 친절하게 대하려고 한다.

-영화감독, 장항준, 〈마리끌레르〉 중

기브 앤 테이크에
너무 연연하지 말기

○

시트콤 드라마 〈빅뱅 이론(The Big bang Theory)〉에는
공감 능력이 다소 떨어지고 강박적 성향을 가진
'셸던(Sheldon)'이라는 캐릭터가 등장하는데,
독특하게도 선물이라면 질색을 한다.
그는 뭐든 강박적으로 짝을 맞춰야 직성이 풀리는 사람이라
생일 선물이나 크리스마스 선물을 주고받을 때
서로의 선물의 가격과 가치가 정확히 일치하지 않으면
마음이 불편하다는 이유에서다.
설사 받은 선물의 가치만큼 보답을 할 수 있다고 해도
그럼 결국 제로섬 게임이 되니 선물이란 건 의미가 없다며
일장 연설을 하는 장면이 코믹하게 그려진다.

남에게 상처나 불이익을 받았을 때
그대로 대갚음해 주어야 직성이 풀리는 사람이 있듯이

타인에게 받은 호의나 배려마저도
똑같이 돌려주지 않으면 불편해하는 사람이 있다.
만약 셸던처럼 강박증 때문이 아니라면,
남에게 주는 게 더 편한 마음의 기저에
진짜 이타심이 있는 것인지,
아니면 무언가를 내어줘야만 나를 좋아해 줄 것 같아
불안한 것은 아닌지 구별할 필요가 있다.
이런 불안은 타인에게 영향력을 행사할 수 있어야만
내 존재 가치가 확인될 것이라는 믿음에서 나온다.
나를 좋아하지 않는 사람을,
내가 마음을 준 만큼 돌려받지 못할 수도 있음을
편안하게 받아들일 수 있는 게 성숙한 어른이다.
베푸는 행위를 통해 모두가 자신을
좋아하게 만들어야만 마음이 편해진다면
그건 가짜 자존감을 쌓고 있는 것일지 모른다.

누구나 타인의 인정을 받고 싶어 하고
또, 사랑받고 싶어 한다.
이건 세 살짜리 아이든, 여든이 된 노인이든 마찬가지다.
받고 싶은 욕구 자체는 부끄러운 게 아니다.

때로는 남에게 호의와 도움을 편안하게 받고
마음 깊이 고마워하는 것만으로도 충분하다.
그러니 내가 진짜 원하는 것이 무엇인지
마음속 깊은 곳의 목소리를 들어보고 자신에게 솔직해지자.

호의와 나눔은 반드시
일대일로만 이루어지지 않아도 괜찮다.
'종로에서 뺨 맞고 한강에 가서 눈 흘긴다'라는 속담이 있듯이
반대로 생각해 보면 이타적 행동 역시 순환한다.
종로에서 받은 도움을 한강에 가서 되돌려 줘보면 어떨까.
그 시작으로 우리는 누군가 나에게 먼저 내민
따뜻한 손길을 그저 받아들이기만 하면 된다.

애정도 받아본 사람이 더 잘 베푼다.

6장

내일은
더 빛날
거예요

행복은 작은 새를 대하듯 붙들어 둘 것.

부드럽게 살짝. 새 스스로 자유롭다고 느낀다면

기꺼이 손안에 머물러 있을 것이다.

_독일의 극작가, 헤벨

마음에
긍정 한 스푼 더하기

○

머리로는 다 아는데 행동으로는 잘 안 되는 것들이 있다.

'아침에 눈을 뜨면 스마트폰부터 보지 않기.'

'밥 먹고 바로 눕지 않기.'

'5분만 더 잔다고 하지 않기' 같은 것들.

어떤 선택이 나에게 더 이로운지 잘 알면서도

머리와 몸이 따로 노는 통에 답답해진다.

목표대로 행동하지 못했던

과거의 기억이 남긴 부정적 감정은

시간이 지나면서 무의식까지 뿌리내려 버린다.

그래서 때때로 새로운 도전을 하려고 하면

마음속에서 이런 목소리가 들리기도 한다.

'전에 해봤는데, 그때 영 안 됐었잖아. 이번에도 잘 안 될 거야.'

이런 목소리가 내면에서 반복 재생되면
무언가를 시도할 동력을 잃게 된다.
우리의 뇌가 어떤 일을 지시할 때
중간에서 마음이 거부반응을 일으키면
행동으로 이어지기 어렵기 때문이다.

이럴 때 우리에게는 긍정적인 스토리가 필요하다.
처한 상황을 지나치게 객관화하기보다는
긍정적인 시각 한 스푼을 더해주는 것이
마음을 움직이는 데 훨씬 도움이 된다.
실은 우리는 이미 일상생활에서 이런 요령을
자주 사용하고 있다.
바로 불편한 진실을 마주하고 싶지 않아서
'자기 합리화'를 할 때이다.

자기 합리화 자체는 부정적인 면도 있지만,
긍정적인 방향으로 잘 활용한다면
시도하고 싶은 일을 행동으로 옮길 때 도움이 된다.

'전에 해봤을 때는 컨디션이 좀 안 좋았을 뿐이야.

다시 해보면 잘될지 누가 알아?'

도전이 두려울 때
이렇게 긍정적 자기 합리화를 시도해 보자.
그동안 발목을 잡던 무거운 짐을 내려놓을
용기가 생길 테니.

모두를 만족시킬 수는
없음을 기억하기

○

직장인 2대 허언으로

'퇴사할 거다'와 '유튜브 할 거다'가 꼽힌다는

우스갯소리가 있다.

퇴사든 유튜브 채널 운영이든 생각만큼은 쉽지 않음을

자조적으로 풍자해서인지 많은 사람들의 공감을 샀다.

실은 나도 그 2대 허언 중 하나를 선포하고 다녔던 사람으로,

겸업으로 유튜브나 해볼까

하는 마음으로 호기롭게 시작했다가

지금은 그 마음을 곱게 접었다.

유튜브 채널을 운영하면서 가장 힘들었던 건

의외로 '싫어요 버튼'이었다.

악플이 달리면 답변을 달아 항변하거나

아니면 지울 수라도 있지만 '싫어요 버튼'에

내가 대응할 수 있는 방법은 아무것도 없었기 때문이다.

유튜버도 아닌데 '싫어요 버튼'과
비슷한 것을 주고받는 일이 또 있다.
바로 몇몇 회사에서 '인사 평가'라는 이름으로
사원들에게 낙인을 찍는 일이다.
표면적으로는 상사와 부하 직원이 평등하게
상호 평가 권리를 행사하는 경우도 있지만,
평가 당사자의 익명성이 보장되지 않는 경우가 많아
위에서 아래로의 평가만이 이루어지는 게 현실이다.
이런 상황에서 과연 본래의 목적에 충실해
사람들의 역량을 높일 수 있을까?

사회가 사람을 평가하고 규정지으려는 이유는
그래야 이후의 일을 빨리 예측하고
방향을 정할 수 있기 때문이다.
만약 다소 야만적인 인사 평가라도 직원 각자의 역량을
가장 잘 발휘할 수 있는 위치에 배치해
적응을 돕는 데 활용된다면
낙인을 상쇄하는 효과를 볼 수도 있을 것이다.
그럼에도 불구하고 이 과정에서 사람들이 겪을 트라우마를
생각하면 근본적으로 좋은 방법이라고 할 수는 없다.

*우리가 불쾌한 상황을 경험했을 때 격렬하게 일어나는
부정적 감정은 마치 불에 덴 듯한 고통의 자국을
뇌에 남긴다고 한다.
뇌과학자 에드워드 할로웰은
이를 '뇌 화상(Brain burn)'이라고 부른다.
아무리 높은 자신감을 가진 사람이라 하더라도
지속적으로 부정적 감정을 불러일으키는 반응을 접하면,
결국 그 감정이 뇌에 새겨진다는 것이다.

다시 회사 이야기로 돌아오면, 업무 평가에서 낮은 점수를
받더라도 그게 업무 능력의 평가로 한정되면 괜찮겠지만
한 사람의 가치 평가로 이어지면 문제가 된다.
게다가 잘못된 평가를 받았을 때 어떤 대응 방법도 없다면
아무리 마인드 컨트롤을 한다 한들
자존감을 공격받을 수밖에 없다.
일을 하며 받는 부당한 대우를 못 이겨낼 만큼
나약해서가 아니다.

● 크리스틴 포래스, 정태영 옮김, 『무례함의 비용』, 흐름출판, 2018, 85쪽

어떤 사람이라도 좌절하기 마련이다.

경영학계 화두 중에
'심리적 안전감(Psychological Safety)'이라는 개념이 있다.
실수나 실패를 해도 비난받지 않으리라는 안전감이 있어야
더 큰 창의성을 발휘하고 동력을 낼 수 있다는 것이다.
누군가 실패에 좌절하고 있을 때
그 좌절감을 포용하고,
새로운 배움을 위한 기회로 다루는 사회가 되었으면 한다.

내가 아무리 최선을 다해도
불만 있는 사람 한둘은 항상 있기 마련이다.
타인의 부정적 평가는
내 노력과는 별개의 문제라는 것을 잊지 말자.
당신에게는 어떤 상황에서도
좌절하지 않을 권리가 있다.

어차피 잘하고 있을 때도
모두를 만족시킬 수는 없었다는
사실을 항상 기억하기!

칭찬에 쉽게
흔들리는 사람이 되기

○

살아가며 참 많은 타인들의 말에 흔들린다.

일 년에 한두 번 보는 친척 어른이 지나가듯 흘리는 잔소리에,

동료가 무심코 던진 오지랖 한마디에,

SNS에 달린 누군가의 댓글에,

나의 하루가 휘청일 만큼 흔들리고 만다.

대부분의 사람들이 좋은 말보다는

부정적인 말에 더 예민해지는 것 같다.

사실 여기에는 진화와 관련된 이유가 있다.

우리의 선조들은 늘 생존의 위협 속에 살았고,

살아남기 위해서는 위험한 상황을

신속하게 인지해야만 했다.

자연히 인간의 뇌는 선천적으로

부정적 자극에 더 빠르게 반응하도록 진화했다.[*]
그래서 오늘날을 살아가는 우리 역시
스트레스를 받거나 비난을 들었을 때 뇌가 그것을
위협으로 인지해 더 예민하게 반응하게 된다고 한다.
그러니 부정적인 말에 우리 마음이
쉽게 영향을 받는 게 당연하기도 하다.
달리 생각해 보면, 긍정적인 말을 더 흡수하기 위해서는
부자연스럽고 의식적인 노력이 필요하다는 것이다.

그동안 누군가 던진
부정적인 말 한마디에는 쉽게 흔들리면서
정작 칭찬은 흘려들을 때가 많았던 것 같다.
이제는 그 반대로 하기로 했다.
사소한 칭찬 한마디에도
바람에 흩날리는 주유소 앞 풍선 인형처럼
신나게 팔을 휘저으며 춤을 추듯 살아가기로.
칭찬에 쉽게 흔들리는 사람이 되기로.

● 양은우, 『당신의 뇌는 서두르는 법이 없다』, 웨일북, 2020, 164쪽

잘한다. 잘한다.
잘한~다!

초심보다 더 나은
내일의 마음으로 살아가기

○

어릴 적부터 시력이 나빠 안경을 오래 썼다.

라식 수술 후에는 안경과 영원히 작별하게 될 줄 알았건만,

몇 해 전부터 서서히 시력이 떨어져 다시 안경을 쓰게 되었다.

울적한 기분에 빠져 있던 어느 날,

나와 비슷한 시기에 수술을 했고 나처럼 다시 시력이 떨어진

친구와 대화를 나누다가 큰 관점의 전환을 맞게 되었다.

"시력이 다시 떨어진 게 속상하지 않아?

어떻게 안경을 안 쓰고 다니는 거야?"라고 내가 묻자,

그는 호쾌하게 웃으며 대답했다.

"그냥, 안 보고 다녀! 하하하."

친구의 태도는 가히 능동적이었다.

안 보이게 된 채로 체념하는 게 아니라

마치 '안 보기'를 스스로 선택하기라도 한 듯이 말이다.

그는 변화한 상황을 이미 편안하게 받아들인 것 같았다.

그의 말처럼 세상을 약간 흐릿하게 보는 것도

나쁘지 않겠다는 생각이 들었다.

많은 사람들이 변화를 그다지 좋아하지 않는다.

특히 한국인들이 변치 않는 것을 얼마나 좋아하는지

보여주는 단어가 바로 '초심(初心)'이다.

우리는 흔히 '초심을 잃지 말자'라고 다짐을 하기를 좋아한다.

그런데 영어 문화권에는 그에 정확히 상응하는 말이

잘 쓰이지 않는지 초심을 영어로 직역할 수 있는 단어가 없다.

그래서 초심을 번역하면 그냥 'Choshim'이 된다고 한다.

(번역기에서는 'A beginner's mind'라고 알려준다)

그런데 우리 문화권에서는 유독 처음의 마음을 잃는

스스로를 탓하고 심지어 죄악시할 만큼 경계하는 것 같다.

어제의 나와 오늘의 나는 다르고

오늘의 나와 내일의 내가 다른 것은 너무도 당연하다.

우리는 달라지기에 더 나아질 수 있다.

만약 과거의 나의 별로였던 점을 떠올리며 후회할 수 있다면 그만큼 달라졌고 또 성장했다는 의미일 것이다.

어떤 변화는 내가 좋든 싫든
그저 그게 자연스럽기 때문에 일어나고,
우리는 변화를 받아들일
마음의 자리를 마련해 둘 수 있을 뿐이다.
그러니 내가 어찌할 수 없는 변화는 받아들이고
그냥 흘러가게 놔두자.

초심 따위는 얼마든지 잃어도 좋다.
우리에겐 초심보다 더 나은
내일의 마음, 모레의 마음이 있으니까.

☆
가장 강한 자만 살아남는 것도 아니고,
가장 똑똑한 자가 살아남는 것도 아니다.
변화할 수 있는 자야말로 유일하게 살아남는 자다.
_찰스 다윈

친구를 대하듯
나에게 친절하기

○

어릴 적 악력이 약한 편이던 나는
손에 든 건 무엇이든 잘 떨어뜨리곤 했다.
그럴 때마다 농담조로 '잘~한다! 다 부숴라. 다 부숴~!' 같은
반응을 듣는 데에 익숙했다.
그런데 무서운 건 성인이 되어 사소한 실수를 할 때마다
혼잣말로 스스로에게 비아냥대는 습관이 생겼다는 것이다.
'잘~한다! 꼭 그렇게 해봐야 알지?'라고.

만약 친구가 실수를 했을 때 앞에서 이렇게 대놓고
비아냥대거나 비난하며 무안을 주는 사람은 없을 것이다.
친구가 실수를 하면 우리는 보통 너그러운 태도를 보이며
놀라거나 다치지는 않았는지 묻고, 위로를 해준다.

그런데 자신이 실수를 했을 때는 엄격한 잣대를

들이대며 가차 없는 자기비난(Self-criticism, 죄책감과

무가치함을 포함하는 자기에 대한 가혹한 평가)을 퍼붓는다.

그렇게 스스로에게 야단을 치고 벌을 내려야만

더 나아질 것이라고 잘못 생각한다.

하지만 남에게 듣는 비난이 상처가 되는 것과 똑같이

자기비난의 말 역시 우리를 주눅 들게 하고 아프게 한다.

텍사스 대학교 심리학과의 크리스틴 네프 교수는

'자기 자비'라는 개념에 대해 이야기한다.

그건 곤경에 처한 자신을 비난하는 대신

마치 친구를 대하듯 친절하게 대해야 함을 뜻한다.

설사 우리가 무언가를 잘못하고 있더라도 말이다.

우리가 자기 자비의 마음을 품을 때

뇌에서는 안정감과 친밀감을 촉진하는 호르몬이

다량 분비되어 괴로움을 덜어주고

기분을 좋게 해주기도 한다.

● 김혜령, 『불안이라는 위안』, 웨일북, 2017, 61쪽

또, 자기 자신을 친절히 대하도록 배운 사람일수록
실수를 성장의 기회로 보려고 한다는 연구 결과도 있다.[*]

사람들은 보통 성공과 실패를
흑백논리로 대하지만, 사실 그 사이에는
'성공적인 실패'와 '실패적인 성공'도 있다.
결과적으로 실패했더라도 시도로부터
무언가를 배웠다면 우리는 발전할 수 있다.
그러기 위해 자기 자신과 긍정적인 대화를 나누며
도전을 지속해 나가야 한다.
처음에는 반사적으로 자기비판적인
말이나 생각부터 튀어나올 수도 있다.
그래도 괜찮다. 차츰 시간을 들여 바꿔나가면 된다.
사소한 실수에는 '괜찮아', '별일 아니야',
'그럴 수도 있지'라고
스스로에게 말하는 습관을 들여보자.

●   샤우나 샤피로, 박미경 옮김, 『마음챙김』, 안드로메디안, 2021, 121–123쪽

실수는 실패가 아니다.

그러니 실수해도 괜찮다.

하지만 당신이 실수로부터 아무것도

배우지 못하고 시도마저 포기한다면,

그때는 정말 실패하게 된다.

실수에 좌절하고 있는 자신에게

조금만 더 시간을 주고 스스로를 믿어주자.

나를 충분히 믿어줄 때

우리는 비로소 성장할 수 있다.

"별일 아니야."

"괜찮아."   "그럴 수도 있지."

우리는 실수로부터 배우며 성장한다.

매일 사소하고
새로운 발견하기

○

도시의 보도블록 사이사이,

좁은 틈새에 끼어서 어렵사리 자라나는 풀을 보며

이상한(?) 반성을 하게 되는 날이 있다.

'풀도 저렇게 열심히 사는데….'

혼자서 이런 생각을 하며 피식 웃었다.

통 진도를 못 나가고 있는 어려운 철학 책보다

자연에서, 생활에서 이렇듯 진짜 삶을 만나는 순간이 있다.

매일 보는 풀도 어떤 날은 그냥 지나쳐 가고,

내 기분이나 마음 상태에 따라 전혀 달리 보이기도 한다.

일상에 치이다 보면 우리는 늘 주변을

같은 방식으로만 바라본다.

그러면서 사는 게 재미없다고 말한다.

인생을 즐기기 위해서는 나름의 연습이 필요하다.

그중에서도 가장 중요한 것은

세상을 바라보는 나만의 시각을 갖는 것이다.

아무 생각 없이 살아지는 대로만 산다면

인간이 다른 동물과 다를 바가 없다.

사람이라서 할 수 있는 것은 매일의 생활 속에서

나름대로의 발견을 하며 살아가는 것이다.

작은 변화에도 나만의 시선으로 통찰을 얻을 수 있다면

일상을 조금 더 즐길 수 있지 않을까.

조금 거창하게 말하면,

나는 어쩌면 그것이

삶의 목적이자 본질 그 자체가 아닐까 생각한다.

삶에는 약간의 은유가 필요하다.

인생을 사는 데는 두 가지 방법이 있다.
하나는 기적 같은 건 없다고 생각하며 사는 것이고,
나머지 하나는 모든 순간이
기적이라고 생각하며 사는 것이다.

_알버트 아인슈타인

꿈과 직업을
구분하며 살기

○

우리가 꿈에 대해 크게 착각하는 한 가지는
꿈을 이루면 영원한 행복이 보장되리라는 환상이다.
오랜 취준생 생활을 청산하고 꿈을 이루었지만
출근과 동시에 퇴사를 꿈꾸게 된다는
직장인들의 볼멘소리를 주변에서 어렵지 않게 들을 수 있다.
그토록 원하는 꿈을 이루었는데도
왜 그 뒤로 오래오래 행복했다는 미담은 들려오지 않는 걸까?

살면서 아무리 원하던 대단한 일을 이루더라도 그 행복감이
평생 가지 못하는 가장 큰 이유는 적응 현상 때문이다.
우리가 바라던 직업을 가진 뒤 느끼는
성취감과 쾌감은 일정 시간이 지나면
그것을 얻기 이전의 초깃값으로 돌아가도록 되어 있다.
그래서 아무리 간절히 원하던 꿈을 이루어도

그게 매일 하는 일이 되면 지루하고 힘들어지는 법이다.

원하는 직업을 갖고도 평생 행복하지 못하는 또 다른 이유는
우리가 흔히 '꿈'과 '직업'을 혼동하기 때문이다.
사람들이 생각하는 꿈의 범위는 극히 제한적이다.
예를 들면, 꿈이 우주비행사라고 말하는 아이는 있어도
세계 평화를 돕는 것이 꿈이라고 말하는 아이는 많지 않다.
만약 이 아이가 자라 우주비행사가 되지 못한다면
우주비행사를 제외한 수많은 다른 직업 중
어떤 일을 하게 되어도
아이는 평생 꿈을 이루지 못한 사람이 된다.
반면 세계 평화를 도울 수 있는 방법은 무궁무진하다.
'세계'나 '평화'와 전혀 관계없는 직업을 갖고 살아가면서도
관련 단체에 기부를 하는 것만으로도
꿈을 이룰 수 있으니까 말이다.

우리는 '꿈을 이루면 행복해진다'라는 말을
너무 당연하게 믿고 살아간다.
이제는 이 오래되고 견고한 명제를
조금 다른 관점으로 바라보면 어떨까.

조금만 시선을 비틀어보면

단순히 직업과 직장 안에서 행복을 찾아 헤매지 않고도

우리는 언제든 꿈을 이루며 살아갈 수 있다.

당신의 일이 당신의 삶의 전부가 되지는 않기를 바란다.

누구나 가슴속에
사직서 하나쯤 품고
출근하잖아요.

나를 행복하게 해주는 것을
더 자주 생각하기

○

유튜브 영상을 보다 보면 유독 눈에 띄는 패턴의 제목이 있다.
'카페 창업을 하면 안 되는 이유', '주식을 하면 안 되는 이유',
'결혼하면 안 되는 이유' 등등.
무언가를 할까 말까 고민 중인 사람들의 마음을
정확히 간파해서일까. 대부분은 조회 수도 높다.
시작하기 두려워 하지 않을 핑계를 찾고 합리화하고 싶은
사람들에게 꽤 구미 당기는 영상일 테니 말이다.

간절히 원하는 것을 위해 노력할 자신이 없을 때,
사람들은 그 일이 안될 이유를 끊임없이 찾고 합리화한다.
특히 노력하기에 지쳤을 때는 더욱 그렇다.
내가 나의 적이 되어서
자기 자신에게 가스라이팅(심리적 지배)을 할 때가 있다.
나는 할 수 없을 거라고, 시도해 봤자 잘 안될 거라고.

불행에 대한 강한 비합리적인 신념을 키워나간다.

그런데 미래에 벌어질 일을 현재에 확신하는 것은
마치 배고플 때 장을 보는 것과 같다.
지금 배고픈 감각이 너무 생생하니
배가 부른 앞날의 상태를 정확히 가늠하지 못해
불필요하게 많은 식재료를 산 경험이 한번쯤 있을 것이다.
마찬가지로 현재 인생에서 겪고 있는 어려움은
너무나 또렷하게 느껴지기에 미래에도 정확히 같은 양의
고통이 있을 것이라 잘못 생각하기 쉽다.

그래서 살면서 불행한 일을 비교적 많이 겪은 사람은
늘 '무엇을 피해야 할지'를 먼저 생각한다.
미래에 닥칠 게 확실한 불행을
미리 대비해야만 하기 때문이다.
반면 행복 지수가 높은 사람은
'무엇을 하면 행복해질까'를 더 생각한다.
나를 행복하게 해주는 것, 내가 좋아하는 것을
더 자주 생각하니 세상을 바라보는 관점도 긍정적이고
자신감 있는 태도로 살아가게 된다.

삶을 대하는 태도가 긍정적이면 실제로 좋은 일도 더 생기고,
설사 불행한 일이 생겨도 비교적 금방 극복할 수 있다.

물론 우리의 현실은 매일같이 꽃길이 펼쳐지는
드라마가 아니다.
불행한 일은 실제로 우리에게 들이닥친다.
가끔은 용기가 나지 않을 수도 있다.
그렇지만 우리 불행하기로 작정하지는 말자.

☆
인생을 제대로 살기 위한 최고의 방법은
가능한 많은 것을 사랑하는 것이다.
_반 고흐

내 인생을 꽃같이
만들어줄 사람은 나 자신뿐.

참고문헌

〈국외서〉

• 랜돌프 M. 네스, 안진이 옮김, 『이기적 감정』, 더퀘스트, 2020
• 윌리엄 맥어스킬, 전미영 옮김, 『냉정한 이타주의자』, 부키, 2017
• 샤우나 샤피로, 박미경 옮김, 『마음챙김』, 안드로메디안, 2021
• 스콧 스토셀, 홍한별 옮김, 『나는 불안과 함께 살아간다』, 반비, 2015
• 조지 베일런트, 이덕남 옮김, 『행복의 조건』, 프런티어, 2010
• 크리스틴 포래스, 정태영 옮김, 『무례함의 비용』, 흐름출판, 2018

〈국내서〉

• 고희영, 『엄마는 해녀입니다』, 난다, 2017
• 김태형, 『가짜 행복 권하는 사회』, 갈매나무, 2021
• 김홍중, 『은둔기계』, 문학동네, 2020
• 김혜령, 『불안이라는 위안』, 웨일북, 2017
• 문요한, 『관계를 읽는 시간』, 더퀘스트, 2018
• 양은우, 『당신의 뇌는 서두르는 법이 없다』, 웨일북, 2020
• 윤홍균, 『자존감 수업』, 심플라이프, 2016
• 이시형, 『세로토닌하라!』, 중앙북스, 2010
• 이시형, 박상미, 『내 삶의 의미는 무엇인가』, 특별한서재, 2020
• 전홍진, 『매우 예민한 사람들을 위한 책』, 글항아리, 2020
• 최인철, 『굿 라이프』, 21세기북스, 2018
• 한병철, 『피로사회』, 문학과지성사, 2012

쉽게 행복해지는 사람

작고 소중한 오늘을 위한 to do list

초판 1쇄 발행 2022년 3월 7일 **초판 6쇄 발행** 2024년 1월 8일

지은이 댄싱스네일
펴낸이 이승현

출판1 본부장 한수미
라이프 팀
디자인 김태수

펴낸곳 ㈜위즈덤하우스 **출판등록** 2000년 5월 23일 제13-1071호
주소 서울특별시 마포구 양화로 19 합정오피스빌딩 17층
전화 02)2179-5600 **홈페이지** www.wisdomhouse.co.kr

ⓒ 댄싱스네일, 2022

ISBN 979-11-6812-233-8 03810